LE PENDU D'ARGOL

DU MÊME AUTEUR

L'œil, Saint-Germain-des-Prés, 1973 (Poésie).
Les grands vents lunaires, Le Castor Astral, 1976 (Poésie).
Le soldat grisaille, Éditions Le Signor, Le Guilvinec, 1979 (Roman) – Préface de Jean-Edern Hallier.
Stress, Hachette Littérature, 1984 (Roman) – (Porté à l'écran par Jean-Louis Bertuccelli, avec Carole Laure, Guy Marchand et André Dussolier dans les rôles principaux).
Le faiseur d'anges, Ramsay, 1986 (Roman).
La vallée des murmures, Ramsay, 1987 (Roman).
Petit bêtisier de la presse, Ramsay, 1987 (Humour).
Fantôme de star, Jean Picollec, 1988 (Roman) – Prix de la Fondation Paul Ricard 1989.
Le retour du Captain Cap, Filipacchi, 1992 (Roman) – Prix Alphonse Allais 1992.
Récitations, Éditions d'art Jean-Claude Bernard, 1995 (Poésie).

ISBN : 2-86477-197-7

André Grall

LE PENDU D'ARGOL

Roman

JEAN PICOLLEC

47, rue Auguste Lançon – 75013 Paris
Tél : 01 45 89 73 04 – Fax : 01 45 89 40 72
jean.picollec@noos.fr

QUELQUES ROMANS PARUS CHEZ LE MÊME ÉDITEUR

Germain Chambost, *Mirages au Tchad*, 1991.
David Mata, *La fugue en Gascogne*, 1994.
Jean-Marie de Morant, *La Nucelle*, 2000.
Henri-Christian Schroeder et Geneviève Laffont, *L'Illusion de Malte*, 1999.
Henri Van Aal, *Jouer dans la cour des grands*, 1993.
Jan Van Aal, *Sable bleu*, 1996.
Jacques Vebret, *Le souffre-plaisir* – Prix de la Société des Gens de Lettres, Bourse Thyde Monnier, 1998.

Collection Celtique

Gwenn-Aël Bolloré, *Histoires troubles ou ni fait, ni à faire*, 1993.
Gwenn-Aël Bolloré, *Mémoires parallèles*, 1996.
Florence Lautredou, *Ouest, passion d'Irlande* – Prix Bretagne, 1996.
Maurice Polard, *Le préau des rois*, 1996.

Collection de la Francophonie

Maroc

Amale Samie, *Cèdres et baleines de l'Atlas* – Prix Atlas, 1991.

Ile Maurice

Guy-Sylvio Bigaignon, *Le paille en queue* – Prix des Mascareignes de l'Association des écrivains de langue française, 1984.

Maquette, composition et flashage :
Riwal Communication
39, rue Vineuse - 75116 Paris
Tél : 01 56 90 10 90
Fax : 01 56 90 10 91

« C'est un être qui vit d'expédients et de duperies,
un être salissant dans un journal. »

Patrick Poivre d'Arvor, *L'irrésolu*, Albin Michel, 2000.

En Bretagne, à la fin des années 70.

Ce soir-là, le vent était rebelle. Nul n'aurait pu dire de quelle bouche il soufflait. Peut-être du soleil, bas sur l'horizon des eaux, comme tiédi par ses dernières chaleurs. Peut-être des terres, emportant en ses flancs des odeurs végétales. Rasant la mer, rasant la lande, il semblait vouloir caresser le monde. Peau contre peau, il hésitait, s'attardait puis se hâtait, et revenait sans cesse.

Griffé par la bruyère, ondulant sur les galets, le vent cherchait le plaisir.

Mais ce soir-là, parce qu'il avait rendez-vous avec le destin des hommes, le vent trouva la mort.

Dans l'abri de chasseur construit à la va-vite, il frôla une vieille table de cuisine en Formica, des chaises bancales, un moulin à café à l'ancienne mode, des tasses ébréchées, quelques verres Duralex et une botte de caoutchouc vert qui semblait presque neuve. Contre un des murs de rondins il y avait une cinquantaine de bouteilles vides. Suspendu par une corde à l'unique poutre du toit, un homme chaussé d'une seule botte se balançait. La nuque brisée, la langue gonflée et sortie d'un bon tiers, le pendu jetait sur l'enclave d'Argol un regard exorbité.

I

La mer était bleu ciel, le ciel bleu outremer. L'air parfumait. Le vent soufflait des terres et, prenant les vagues à rebours, s'en allait pousser quelques voiles multicolores de planchistes. La plage était en contrebas, parsemée de corps à demi-nus. On aurait dit des cadavres jetés là par une récente tempête, mais ce n'était que le naufrage de l'été, quand les villes meurent et sombrent au soleil.

Paul appuya sur le déclencheur du « Zénit ». Le diaphragme coupa l'image un quart de seconde.

Paul était vêtu d'une saharienne. Dans son métier de localier pigiste, les poches sont bien utiles. Les cigarettes, le briquet, son portefeuille, son calepin, deux ou trois stylos, quelques feuilles volantes chargées de numéros de téléphone. En plus, pour l'appareil photo, les pellicules et le reste, il avait un sac « Pony » en skaï marron qui lui valait le surnom de « Pony-express ». D'allure plutôt nonchalante, il ne méritait ce sobriquet que par sa promptitude à se rendre sur les lieux des accidents. A cette époque, pour l'exemple, le journal publiait encore les photos des carcasses de voitures pliées de morts au bord des routes.

Paul portait un pull sous sa saharienne, sous son pull une chemise et sous la chemise un tricot de corps. Il faisait sans doute trente degrés à l'ombre, mais il n'avait pas si chaud que ça. Il transpirait rarement.

Après avoir rangé son appareil photo dans le sac de skaï marron, il observa plus attentivement les baigneurs. Il s'étonna de leur hâle, si prononcé aussi tôt dans la saison. Il y avait bien deux ou trois grosses femmes à la peau laiteuse, mais, justement, leur présence détonnait, champignons en plein soleil, légèrement luisantes.

Au fond de lui, il enviait ces gens. Peut-être parce qu'ils étaient en vacances et lui au travail… Non, ce n'était pas ça. Depuis trois ans maintenant, dans les diverses rédactions du département, Paul assurait les remplacements d'été, de vacances d'hiver, de jours fériés et les congés-maladie des journalistes titulaires. Le salaire était maigre, mais le statut enviable. Le bon peuple qui ouvrait son journal le matin et lisait sa signature ne faisait pas la différence entre un encarté et un vacataire.

Tout à l'heure, après avoir séché dans la grande armoire métallique grise de la rédaction, la pellicule, en noir et blanc, vingt-quatre millimètres sur trente-six, lui rendra de la plage sa vision étriquée, cruelle. Pour la troisième année consécutive, il souhaitera la bienvenue aux juillettistes. Et puis, le premier août, il retournera sur cette plage du Pouldu pour, du même endroit, faire la même prise de vue. Alors, il souhaitera la bienvenue aux aoûtiens. Il ne pourra pas y couper, utiliser la photo du mois de juillet en lieu et place de celle qu'il était censé prendre au mois d'août. Par un phénomène qu'il serait intéressant d'expliquer, il y a toujours quelqu'un qui se reconnaît sur une photo de foule, voire quelqu'un qui reconnaît quelqu'un, même vu de loin. Il y aurait un vertige à se découvrir à la plage alors qu'on a plié bagage depuis longtemps. Le journal fait partie de la réalité, il doit la retransmettre sans anachronisme, sans contrevérité non plus. Et puis il y a la légende. Un jour, un localier, lassé de photographier les vieux de la maison de retraite à l'occasion de la remise de leur colis de Noël par le conseiller municipal de service, utilisa le cliché qu'il avait pris l'année précédente. Par manque de chance, la moitié des vieux de l'an passé présents sur la photo n'était plus de ce monde. Quelques grands-pères et grand-mères, souriants, tendaient leur vieilles mains d'enfants à l'élu qui, lui, heureusement, était toujours vivant. Et c'est la page entière, le journal dans son ensemble que l'on est en droit, alors, de suspecter. Ces trois morts de la page deux sont-ils bien réels ? Leur accident de camping-car a-t-il bien eu lieu la veille ? La veille de quand ? L'endroit indiqué est-il le bon ? Cette guerre à l'autre bout du monde est-elle vraiment en train de se produire ? Ou bien n'a-t-elle pas encore eu lieu ? Va-t-elle se déclencher ?

Comme il n'est pas bon de ressusciter les morts, il n'est pas souhaitable de ramener des travailleurs à la plage, fut-ce virtuellement.

Paul chercha ses clés de voiture dans les nombreuses poches de sa saharienne. Trop de poches, trop de choses. Il posa son calepin sur le toit brûlant de sa Renault 4 blanche. Il s'était garé à l'ombre d'un pin parasol mais le soleil avait tourné et le parking en bord de route baignait dans cette lumière violente et vibrante qui vous fait regretter l'hiver et qu'on regrette l'hiver venu.

La voiture était en très mauvais état : phares branlants, pneus presque lisses, essuie-glace manquant devant le passager. A l'arrière, autant pour cacher des points de rouille que pour se protéger des sommations de la police, Paul avait apposé des autocollants au sigle du journal. Pas plus qu'un autocollant ne protège de la rouille, son appartenance marginale au plus puissant organe de presse de tout l'Ouest ne le dispensait évidemment pas de s'arrêter aux contrôles routiers. Seulement, à la locale, les journalistes ont toujours besoin de policiers et de gendarmes qui, parfois, les sollicitent en retour. Quand on a pour vocation de s'occuper des affaires des autres, il peut exister une certaine forme de tolérance réciproque.

La Renault 4 était dans un état déplorable pour une simple raison : le salaire de Paul était de 100 francs par jour, frais en sus. C'est-à-dire que le journal le défrayait au kilomètre, assez largement, certes, mais pas assez pour envisager de rouler plus confortablement.

En deuxième lieu, et dans un autre registre, on lui permettait un repas par jour aux frais du comptable. Paul se contentait d'un sandwich et d'une fausse facture confectionnés par un bistrotier complaisant. Avec la différence, il buvait quelques bières et jouait au flipper. Sans ces défraiements, le garçon n'aurait même pas pu payer son loyer. Pourtant, malgré son souci d'économie permanent, lorsque le premier septembre tombait et qu'il cessait son activité à plein temps au journal, il ne lui restait presque rien du salaire de ses deux mois d'été.

La voiture démarra à la cinquième tentative. Deux manœuvres plus tard, Paul prit la direction de Clohars-Carnoët. Le vent qui s'engouffrait par les vitres ouvertes fit décoller une nuée de paperasses de la banquette. Tels des oiseaux curieux, bulletins de paie, notes d'électricité encore cachetées, factures de garages se plaquèrent soudain à la lunette arrière. Machinalement, Paul jeta un coup d'œil dans le rétroviseur. Derrière lui, la route était vide, légèrement bleutée.

Il s'arrêta au camping de la Forêt avec l'intention de faire une photo de touristes fraîchement débarqués. D'une année sur l'autre, il avait un peu sympathisé avec le gérant, un type peu aimable pourtant, gras et fort en gueule.

Annoncée par une arche de granit, l'entrée du camping était à l'ombre de vieux pins gigantesques, de ces arbres qu'on regarde avec inquiétude lorsque les marées d'équinoxe apportent la spirale des tempêtes. Paul leva les yeux vers leur cime et se demanda jusqu'à quand ils tiendraient debout. Un jour, c'est sûr, quelques campeurs attardés de l'automne regretteraient voitures et caravanes, au mieux.

Le gérant était là, bras ballants, au milieu de l'allée. Il ne reconnut pas la 4 L de Paul qui roulait l'été passé dans une Ami 6 bleu nuit et fronça méchamment les sourcils. Une manière comme une autre d'accueillir les gens. Après, patte blanche montrée, sans doute le touriste se sentait-il plus en sécurité dans l'enceinte.

Paul descendit de voiture. Il mit son sac en bandoulière puis se dirigea vers Mathias Schmidt, le gérant qui, de son côté, avançait aussi vers lui. Comme ils se serraient la main, Paul remarqua la lourde chevalière en or massif que le gérant portait à l'annulaire. Puis il lui sembla que Mathias le regardait un peu de travers. Le jeune homme demanda si tout allait bien depuis sa dernière visite.

« Un ennui ? »

L'autre grimaça.

« Non, c'est votre dernier article. »

Paul chercha dans sa mémoire ce qui avait pu, dans sa production récente, chagriner le gérant.

« Votre dernier article de l'été dernier, précisa Mathias. Avec les Suisses. Sur la photo, la bonne femme s'est trouvée moche. Peut-être même qu'elle avait encore ses bigoudis, je sais plus trop. Vous lui avez pas laissé le temps de se changer, vous vous souvenez ? »

Oui, maintenant Paul se souvenait de cette famille de Lausanne. Il se souvenait aussi avoir flashé sur leur BMW noire, tout étincelante. Depuis quelques mois, il avait cessé de regarder les belles voitures et le sujet ne l'intéressait plus du tout. « Alors, reprit le gérant, ils ont plié bagage dans la journée. »

Depuis l'auvent de leur tente, un couple d'une cinquantaine d'années les observait. Lui était maigre et chauve, elle petite et boulotte.

« Et ceux-là ? demanda Paul.

– Ceux-là, c'est des couillons. Des Belges flamands. Ils comprennent rien à ce qu'on leur dit.

– Ils ont l'air souriants… Et puis je ferai une photo de groupe des enfants dans le bac à sable. »

Le gérant eut une mimique flattée.

« Deux photos, cette année ?

– Pour me faire pardonner les Suisses.

– Oh, c'était pas grave, tempéra Mathias. Je les ai remplacés dans l'heure. »

Ils allèrent de concert tirer le portrait des Belges qui, contrairement à l'attente, comprirent tout de suite de quoi il retournait. Ils venaient d'Anvers et le dirent dans un français acceptable. Lui travaillait sur le port, elle dans une manufacture. Le titre de l'article de Paul allait donc de soi : « Des vacances bien méritées ».

Comme il trouvait ce titre tout en les écoutant, il se souvint l'avoir déjà utilisé, deux ans auparavant, à l'occasion de la mise à l'eau d'un radeau artisanal fait de planches et de chambres à air par un groupe de quatre collégiens quimperlois. Quelques semaines plus tard, trois d'entre eux étaient morts d'une maladie inconnue. Au cours de leur périple, ils avaient bu l'eau polluée de la rivière, la Laïta. Des vacances bien méritées... Et ceux-ci, ces Belges, vers quoi voguaient-ils ?

Le soleil déclinait et jetait l'ombre des pins sur le sol sablonneux. La toile des tentes, l'acier des caravanes étaient comme hachurés par l'ombre portée des branches et de cette impression naissait une impression de mouvement.

Comme ils revenaient du bac à sable où ils n'avaient trouvé aucun enfant, et qu'ils passaient près d'un camping-car immatriculé dans le département, Mathias porta un doigt à sa bouche. « Pour les gosses c'est râpé, mais visez-moi un peu ce que je vous propose à la place... »

Paul s'approcha et jeta un coup d'œil par la vitre arrière du véhicule. Une jeune fille y somnolait, entièrement nue, les cuisses gentiment écartées par un doux rayon de lumière qui lui embrassait les lèvres. Ses cheveux et sa pilosité étaient d'une couleur voisine, un châtain très clair, presque blond. Son visage formait un ovale parfait, et bien que l'angle la présentât le nez en arrière, on la devinait d'une grande beauté.

Le gérant s'apprêtait à secouer Paul par l'épaule. Il lui suffit de l'effleurer pour le tirer du charme. « Allez, venez... », sourit-il.

Paul le suivit jusqu'à sa caravane. Ils y burent une bière. Mathias parla d'autre chose, le jeune homme ne posa pas la moindre question sur la belle endormie. Il écouta le gérant sans même l'entendre, qui parlait de ses hôtes comme on parle d'un troupeau.

Lorsqu'il remonta dans sa 4 L, le garçon crut voir une ombre glisser sur le pare-brise du camping-car.

La fille le regardait, il ne le vit pas.

II

La rédaction se trouve dans la ville haute.

Paul y entra. C'était un local de deux pièces, en rez-de-chaussée, composé d'un premier bureau où travaillait une secrétaire à mi-temps puis d'un second dans l'enfilade. A Quimperlé, le journal tournait avec deux titulaires dont l'un s'absentait en juillet et le second en août. La secrétaire, une femme entre deux âges aux yeux toujours baissés, était surplombée d'un haut chignon impeccable, dont la confection devait lui prendre chaque matin une bonne demi-heure. Elle s'appelait Rose, c'était la veuve d'un ancien militaire de carrière. D'inspiration démocrate-chrétienne, le journal favorisait les veuves ; les femmes qui postulaient au secrétariat sans cette « qualité » partaient avec un handicap. Rose travaillait peu pour la rédaction. L'essentiel de son mi-temps se consacrait à la publicité et aux avis d'obsèques, qu'elle rédigeait le plus souvent à la place des familles. Elle semblait y prendre plaisir. Cet acte simple la posait aux yeux du monde en quasi-officier d'état civil. Son défunt mari, quant à lui, avait vu sa carrière se bloquer au grade d'adjudant. Et puis ces malheurs du monde la ramenaient au sien, à son histoire, à son statut de veuve. Car c'est une attitude d'être veuve. Ce sont des positions, un ton, des regards, une manière de se vêtir et de parler.

Rien dans cette composition ne peut et ne doit être laissé au hasard. Il faut se surveiller chaque seconde que Dieu fait, seconde que l'autre n'est plus là pour vivre. Il faut que de ce deuil qu'aucun crêpe ne signale plus, personne ne puisse douter. Il faut que chaque personne de rencontre devine immédiatement la chose.

Rose avait le sentiment très intime d'être une bonne veuve, et puisque cela semblait suffire à son bonheur…

Paul se rendit directement au local photo, une ancienne salle de bain aux fenêtres occultées par du papier goudronné. Dans ce confinement régnait une odeur mêlée de moisi et de produits chimiques. Paul huma l'air vicié avec délectation. Il referma la porte. Dans le noir total, ses mains devenaient intelligentes. Du bout des doigts, elles repéraient leur monde, ouvraient le Zénit, retiraient la pellicule, faisaient sauter la capsule de plastique, déroulaient le film, et le plongeaient dans le bain. Il ferma les yeux dans l'obscurité, écouta le silence presque total, seulement troublé par les murmures de la ville. Quelques minutes passèrent où il ne pensa strictement à rien. Puis il mit l'armoire sécheuse en route avant d'y déployer le film qu'il lesta de plomb. D'un premier coup d'œil, les photos apparurent réussies, bien contrastées.

Longs rubans de papier tue-mouches, d'autres rouleaux pendaient dans l'armoire, ceux de son collègue titulaire, Robert. Il en prit un au hasard. Des visages d'hommes en costume-cravate, souriants sous les lambris. Robert gardait pour lui tous les cocktails du jour, politiques généralement, et déléguait ceux du soir, culturels toujours. Il avançait en âge, était père de trois filles dont deux étaient encore à la maison et refusait toutes les sorties, fussent-elles professionnelles.

Comme c'était la coutume depuis que le voyant rouge extérieur du labo ne fonctionnait plus, Robert frappa à la porte. Paul ouvrit et Robert prit sa place. « Y a du monde, sur la côte ?

– Comme d'habitude. »

Paul revint en arrière chercher sa pellicule dans l'armoire. Il la décrocha, l'examina brièvement.

« Choisis les meilleures et donne-les moi, proposa Robert. J'aurai le temps de les tirer. »

Le plus souvent, ils se contentaient de glisser les négatifs dans le hors-sac de dix-huit heures, avec la copie. L'ensemble partait par le train de Paris, dans la cabine du mécanicien qui le remettait à un coursier du journal, en gare de Rennes.

Paul prit la loupe carrée montée sur un support métallique et examina sa pellicule. La plage, le camping… Les Belges. Et derrière les Belges, bien visible, l'avant du camping-car de la fille nue. La plaque minéralogique allait sûrement être lisible sur la photo. Il suffisait d'attendre.

Dans son article, le garçon parla des douceurs du climat, des charmes de la côte, du tourisme étranger, de l'accueil chaleureux et se dit qu'être payé 100 francs par jour pour raconter de telles conneries était trop cher payé. Par contre, si l'on considérait ce genre de prose comme une propagande au service des commerçants du cru…

« C'est intéressant, ce que vous faites, monsieur Paul ? », l'interrompit Rose, la secrétaire.

Elle lui souriait, ce qui était nouveau.

« De la merde, madame Rose. De la merde. »

Il s'attendait à ce qu'elle s'empourpre, se fâche ou lui fasse fermement remarquer qu'elle n'appréciait pas l'emploi d'un tel vocabulaire dans son périmètre, mais elle se contenta de hocher la tête sans cesser de sourire.

Lorsque Robert lui remit ses clichés, une demi-heure plus tard, Paul put en effet relever le numéro du camping-car.

9225 VX 29. L'agrandissement de photos prises sur le vif permet toujours de découvrir ce qui a échappé à l'œil nu. Une ombre, une silhouette, une présence, un détail sur lequel on peut s'interroger. Des détails, ici, il y en avait deux, prisonniers l'un de l'autre.

Juste à l'angle arrière du camping-car, on pouvait apercevoir le buste de la jolie blonde, vêtue d'une robe à carreaux. Une main d'homme était posée sur son épaule, une main chargée d'une lourde chevalière en or massif.

Paul chercha à se souvenir. Il n'avait pas remarqué que Mathias se fut éloigné pendant qu'il s'entretenait avec les Belges. Et pourtant il l'avait fait. Il était allé voir cette fille… Pourquoi met-on une main sur l'épaule de quelqu'un ? Pour le féliciter, pour le mettre en garde ou pour qu'il vous écoute plus attentivement.

D'instinct, Paul sentit que quelque chose ne collait pas. Pourquoi cette fille s'était-elle retrouvée nue, apparemment endormie, quelques minutes plus tard ? Pourquoi le gérant avait-il invité Paul à le suivre dans son indiscrétion ? Et enfin, pourquoi la fille n'avait-elle pas tiré les rideaux de son camping-car, sachant que quiconque pouvait la voir ainsi offerte ?

Un instant, Paul douta même qu'elle fût encore vivante. Mais non, elle respirait, il en était certain. Le lent mouvement de ses seins, volumineux bien qu'elle fût allongée sur le dos, lui était encore bien présent.

Mathias était-il l'amant de cette fille ? Un frisson de dégoût étreignit Paul.

Le jeune homme se leva pour consulter l'agenda où le programme quotidien des journalistes est consigné. « Madame Rose ? » Elle lui sourit encore. « Ce matin, j'ai oublié de regarder l'agenda et… »

Là, le sourire de la secrétaire se figea.

« Oh ! mon Dieu, s'exclama-t-elle. Vous n'êtes pas allé au camping ? Monsieur Schmidt a appelé deux fois, hier. Il vous avait convoqué pour aujourd'hui à 15 heures 30 précises.

– On ne convoque pas la presse, madame Rose. On l'invite. C'est le juge qui convoque.

– Mais il est presque dix-huit heures ! »

A la page du jour, la main de madame Rose avait effectivement écrit : « Camping de la Forêt, Clohars, 15 h 30 précises. Pour Paul Bihan. »

C'était la troisième année que Paul se rendait à ce camping et rien ne l'y contraignait. Le simple fait d'y aller une fois représentait une faveur, deux fois une facilité, trois une mauvaise habitude.

C'était donc pur hasard si Paul était passé aujourd'hui, aux alentours de 15 heures au camping de la Forêt. Le pur hasard ou le fruit de la paresse qui l'avait amené à s'arrêter pour la troisième fois au premier camping sur la route du retour, après la traditionnelle photo de plage.

« Il a bien insisté pour que ce soit vous qui veniez ! »

Pour voir quoi ? Une fille nue, ouverte, dans un rayon de soleil ?

Paul se tourna vers madame Rose dont le chignon, soudain, lui sembla érectile.

« Rassurez-vous. J'y suis allé.

– Vous m'avez fait peur, monsieur Paul. Qu'on ne vienne pas me reprocher de mal faire mon travail, surtout…

– Personne n'oserait, madame Rose. »

Le sourire de Rose revint, ce qui, de nouveau, étonna Paul. Dans toutes les rédactions du département, les secrétaires avaient à son égard une attitude standard, quelque chose qui relevait par moment de l'instinct maternel. Par le ton employé, il était censé comprendre à la fois qu'il n'était pas grand-chose mais qu'il pouvait le devenir. Le sous-entendu étant qu'il lui était fortement déconseillé de manifester quelque mauvaise humeur, de tenir des propos déplacés, de médire de ses collègues et d'importuner ces dames à l'heure du thé. On lui demandait d'être un gentil garçon, il l'avait bien compris. Dans le cas contraire, nul n'aurait pu prédire la capacité de nuisance de cette corporation qui n'était pas au service de n'importe qui.

Pour en savoir plus, Paul décida de jouer la carte de la flatterie.

« Vous avez un beau sourire, madame Rose. Dommage qu'il soit si rare…

– Oh, c'est que je n'ai pas souvent le cœur à sourire. Dans ma condition… »

Elle se mit à parler de son défunt, une fois encore. L'accent y était, mais l'expression ne suivait pas comme à l'habitude. Paul se dit qu'elle avait dû rencontrer quelqu'un, un galant quinquagénaire à cheveux blancs et crantés comme Stewart Granger, par exemple.

Il s'imagina madame Rose en train de minauder avant d'accepter la chose et faillit éclater de rire.

« Vous non plus, vous ne souriez pas souvent, monsieur Paul. »

Il fut sur le point de répondre que son salaire ne prêtait pas à rire mais se retint. De toute manière, il était bien incapable de faire autre chose. Et s'il voulait être un jour embauché définitivement au journal, il fallait passer par ce statut humiliant de bouche-trou. Mais souhaitait-il vraiment passer sa vie à photographier la plage du Pouldu ? Des fois, il n'en était pas sûr. Un vertige le prenait alors, comme un grand froid. Il est terrifiant de ne pas être fonctionnaire, anxiogène de ne pas reprendre le commerce de papa.

En reposant l'agenda, il vit qu'une vente-signature de Magdelaine Chauffard l'attendait à la librairie de la ville basse à 18 h 30.

Paul arma le Zénit avec une pellicule neuve et le fourra dans son sac Pony.

Lorsqu'il sortit, après avoir salué Robert et madame Rose, il ne pensait plus à la fille du camping-car. De cette rencontre, il ne lui restait qu'une vague incandescence au creux du ventre.

A peine Paul eut-il fermé la porte vitrée de la rédaction que la secrétaire se tourna vers le journaliste. « Qu'est-ce qu'il est gentil, ce garçon, hein ? » Robert se contenta de hocher lentement la tête.

III

Les phares de la Renault 4 paressaient tant qu'il circulait dans de quasi-ténèbres. Devant lui, le long tube noir vaguement bleuté de la route bercée d'arbres évoquait le canon d'un fusil de chasse. Pour confirmer l'image, un sanglier traversa la chaussée, si près de la voiture que Paul vit luire son petit œil dans la faible lumière jaune.

C'était une nuit battue de vent et les rafales sèches venaient percuter latéralement la voiture au passage des trouées forestières. C'était une nuit à agiter les sens.

Paul avait jeté le livre de Magdelaine Chauffard sur la banquette arrière, au milieu des factures impayées. Elle avait absolument tenu à lui offrir un exemplaire de son roman *Une enfance dans les ajoncs*. « A Paul Bihan, bien cordialement », avait-elle écrit sur la page de garde, juste au-dessus du titre. Par principe, Paul refusait tous les cadeaux. Ce n'était pas un point d'honneur, plutôt un point de morale, un refus déontologique. En province, on est amené à recroiser perpétuellement les mêmes acteurs de la vie publique, tous soucieux de nouer avec la presse des liens plus étroits qu'ils ne devraient. Mais on ne refuse pas un livre de celui qui l'a écrit. Une intégrité poussée à ce point ne serait pas comprise, au pire serait reçue comme un affront.

La libraire, une forte femme à lunettes, leur avait apporté un verre de punch. Paul n'aimait pas trop le punch, il n'aimait pas les choses sucrées en général. Il avait observé Magdelaine Chauffard qui buvait le sien à petites gorgées rapides. C'était une dame d'une soixantaine d'années, chiffonnée, avec de longs cheveux gris. Bon nombre d'écrivains respirent la pauvreté, le laisser-aller, et Magdelaine Chauffard n'échappait pas au nombre.

Comme on pouvait s'y attendre, *Une enfance dans les ajoncs* racontait les jeunes années de Magdelaine Chauffard. La pauvreté, l'eau du puits, l'arrivée de l'électricité, le père emblématique qui tient sa nichée de neuf enfants à coups de casquette, la mère épuisée au labeur, le temps qui passe avec la poésie des saisons, le froid de l'hiver et la chaleur des moissons, les repas de famille, le premier amour, platonique évidemment, avec celui que la guerre n'a pas rendu ; Magdelaine lui avait raconté son livre et, ce faisant, l'avait dispensé de le lire. Elle avait parlé de son père avec une telle émotion, des larmes de chagrin et de joie mêlées aux coins des yeux, que Paul s'était demandé si la vieille dame n'était pas toujours vierge. C'était une enfance dans les ajoncs, certes, mais une jeunesse sans pilule. Et puis il y avait eu la mort de celui qui aurait dû être l'amant, si la Wehrmacht n'était passée par là. En Bretagne, le poids des morts est plus lourd qu'ailleurs et peut faire d'une vie un tombeau. Paul se dit qu'il en parlerait dans son article. Comme il parlerait de cette fidélité au père, de ce sentiment curieux, propre à toutes celles qui n'ont pas rencontré l'homme du destin, d'appartenir à jamais à leur géniteur. Bien souvent, ses papiers dérangeaient parce qu'ils donnaient, jusqu'à l'impudeur, du sens à ses rencontres. Les lecteurs adoraient, mais les interviewés en ressentaient parfois comme un sentiment de trahison. Non pas que Paul eût déformé leurs propos, mais, bien au contraire, qu'il en ait décrit l'âme, les rendait souvent différents à leur entourage. Plus proches, plus profonds. Et c'était pour nombre d'entre eux, une façade patiemment construite qui s'effondrait, une personnalité qui apparaissait, une faiblesse mise à jour qu'il était désormais difficile de masquer à nouveau. Bien sûr, de cette forme de psychanalyse publique à 1,60 F l'exemplaire, Paul ne gardait pas que des amis. Et lorsqu'il lui arrivait de revoir fortuitement tel ou tel, on le saluait, certes, mais avec, cette fois, la crainte de parler.

La route, devant, avec ses virages aux accents de valse lente. Et toujours ce noir bleuté percé comme à la bougie d'une toile flamande. Pour se détendre un peu, Paul respira profondément. Par la vitre entrouverte, l'air entrait, longues bouffées piquantes venues du large. Tous les soirs, après le travail, le jeune homme ressentait une euphorie qui lui chatouillait les nerfs et l'idée d'aller se coucher lui était insupportable. Alors, il roulait vers ces endroits où l'activité subsiste ainsi qu'une perception extra-rétinienne, les bars, les boîtes de nuit, les fêtes privées. Il y a, pour certains, une véritable terreur à mettre fin au jour et Paul était de ceux-là. Il avait presque la sensation d'un danger fatal à se mettre au lit, le pressentiment que son avenir, un jour, se jouerait une nuit.

Le parking du camping de la Forêt était si mal éclairé que Paul faillit accrocher un pare-chocs en s'y garant. Il descendit de voiture et s'approcha du porche de granit. Il ne voulait pas qu'on le vît et, marchant dans l'obscurité, on aurait dit un spectre. Quelques heures plus tôt, le camping-car de la fille nue était garé non loin de l'entrée. Il reconnut la tente des Flamands où brillait une lampe. Le camping-car, par contre, n'était plus là. La déception que Paul ressentit lui fit comprendre à quel point la demi-rencontre de cet après-midi avait laissé en lui une étrange empreinte, autant creusée de désir physique qu'ourlée de l'ombre du mystère...

Tandis qu'il rebroussait son chemin obscur une lueur de phares l'éclaboussa en plein. Il s'arrêta net, porta une main à ses yeux. La voiture, qu'il ne pouvait pas voir, démarra et s'arrêta près de lui. Au bruit du moteur, Paul reconnut une puissante cylindrée. Puis il y eut le chuintement d'une vitre électrique qui se baisse. C'était une Jaguar.

« Vous avez oublié quelque chose ? », demanda Mathias Schmidt. Puisque l'autre lui tendait la perche, Paul la saisit. Il répondit que oui, il avait égaré un rouleau de pellicule. « Les photos du camping ? », s'inquiéta le gérant. Paul le rassura, l'article paraîtrait bien demain.

« Qu'est-ce que vous faites ? Je veux dire maintenant, vous avez quelque chose de prévu ? Je vais à une soirée, je peux vous emmener, si vous voulez...

– J'ai ma voiture...

– Non, montez. »

Paul fit le tour de la voiture et y monta. L'odeur du cuir neuf, très forte, en était presque gênante. A la dérobée, il regarda les mains de Mathias, cette lourde chevalière gravée à ses initiales entrelacées, M.S., qu'il ne portait pas l'année passée... Du bout des doigts, le jeune homme caressa le bois précieux du tableau de bord. Mathias le remarqua et sourit. Comme pour se faire excuser de rouler si riche, il parla des défauts de la Jaguar, des fortunes englouties dans l'entretien, de sa peur de se faire bigorner eu égard au prix des pièces détachées et au coût de l'assurance.

Paul eut envie de demander à Mathias la raison de son coup de fil à la rédaction, de cette « convocation » à venir au camping, mais il ne le fit pas. Après tout, il était dans la voiture du gérant, donc un peu dans son intimité, on le conduisait à une fête où il allait rencontrer du monde, peut-être trouver matière à de nouveaux articles, et ce n'était pas le moment de gâcher une opportunité.

Quelques secondes plus tard, Mathias, de lui-même, lui apportait la réponse à cette question.

« C'est vraiment sympa, tu sais, d'être venu cet après-midi. On peut se tutoyer ? » Pris de court, Paul hocha la tête en souriant. « Le camping a été vendu, c'est pour ça. Le nouveau proprio va être vachement content d'avoir un article. Il adore ça, les articles. »

Mathias roulait vite sur la route du front de mer. Paul se laissa aller en arrière, jusqu'à l'appuie-tête, et le cuir crissa.

« Vous étiez propriétaire du camping ?

– J'avais des parts. J'ai tout vendu et je reste salarié. L'été au camping, l'hiver dans un truc à la montagne qui appartient aussi à la société. C'est plutôt bien, non ? C'est pour ça que j'ai téléphoné. Un article, c'est toujours bon. Même si on n'en pas besoin, ça soigne l'image de marque. »

Mathias n'avait pas relevé le vouvoiement de Paul et, de son côté, continuait de le tutoyer.

« Je serai pas sur une de tes photos, par hasard ?

– Seulement les mains », répondit Paul en se détournant à demi pour observer sa réaction. Il n'y en eut pas.

« Je suis sûr que le patron sera content de te connaître. Il aime bien les nouvelles têtes », dit Mathias en quittant la route pour emprunter un chemin gravillonné dont la blancheur évoquait celle des cristaux de glace.

Ainsi, ils allaient à une fête donnée par le patron. Comme tous les jeunes politisés à gauche – il fallait aller chercher les jeunes politisés de l'autre bord à la faculté de droit de Rennes, où il avait vainement passé quelque temps avant d'abandonner pour cause de lassitude –, Paul nourrissait à l'égard du patronat une aversion fascinée. Il est plus facile de mépriser, voire de conchier un milieu dont, de toute manière, on n'a pas les clés. En Bretagne, comme dans d'autres régions, les milieux de l'argent, de l'Église et de la pensée réactionnaire ne font qu'un. La dialectique, diminuée d'autant, ne permet alors qu'une superbe et permanente auto-justification, où la pensée sociale se résume à de la charité, et où, logiquement, les meilleures références progressistes se situent chez les protestants d'outre-Atlantique qui séparent l'argent du péché.

Un petit vent frais traversa la tête de Paul qui se sentit, tout à coup, aussi dispos qu'après une bonne nuit de sommeil. Prêt à rencontrer un patron, il bandait inconsciemment ses muscles. Pourtant, au fond de lui, il savait comment les choses allaient se passer. Mathias le présenterait comme un ami journaliste, ce qui expliquerait le tutoiement, le patron le saluerait avec une feinte chaleur, lui poserait une ou deux questions, lui tapoterait l'épaule avant de se soustraire élégamment. Alors, Paul resterait tout seul, comme il lui était déjà arrivé maintes fois dans des occasions similaires, se tournerait vers le bar où, en bout de course, il sympathiserait avec le poivrot de la fête. Car il y a toujours un poivrot de la fête, le raté de service, celui qu'on invite par bonté et qui donne bonne conscience, justement parce que, quel dommage, il est le seul à avoir fait de mauvaises affaires ; il est celui dont l'échec rassure, celui dont la mauvaise vie explique la déchéance due à un ancien chagrin d'amour, au pire à un confondant manque de pragmatisme. Lorsqu'il n'est pas là on parle de lui, on le cite en exemple à ne pas suivre, on en menace les jeunes générations.

De toute manière, la soirée allait être bonne.

Mathias gara la Jaguar avec élégance entre une Mercedes et la plus grosse des Audi. On entendait une valse de Strauss surfer sur le bruit de la mer, des éclats de rire, des bribes de conversation.

Comme ils descendaient de voiture, Paul fit remarquer à Mathias qu'il avait laissé ses clés sur le tableau de bord. Le gérant ne répondit même pas. Il passa un bras paternaliste autour des épaules du jeune homme et murmura : « Tu vas voir. Ce sont des gens formidables. On va bien s'amuser ! ».

Le camping-car de la fille nue était garé devant le perron du petit manoir illuminé.

IV

Ce ne fut pas le coup de foudre. Jérôme Laval avait la quarantaine, une gueule de star des années trente, portait un costume crème impeccable, c'était le type même du parvenu. Sa poignée de main était ferme et définitive, de celles qu'on est censé ne jamais oublier. Bien qu'il eut en permanence une coupe de champagne au bout des doigts, son haleine fleurait la menthe fraîche. Dès qu'il l'aperçut, Paul le reconnut. C'était lui le patron, l'homme de la soirée, de toutes les soirées où il apparaissait, à coup sûr. Où qu'il se déplaçât, il entraînait à sa suite, comme un chalutier convoie les mouettes. Mathias présenta Paul, puis Jérôme présenta le jeune homme à tout le monde et tout le monde l'accueillit comme si on n'attendait que lui. C'était une soirée plutôt collet monté, mais personne ne prêta attention à la tenue négligée de Paul. Il était journaliste et nul ne s'attend à voir débarquer la presse en costard et nœud papillon. Mine de rien, une question par-ci, une fausse affirmation par-là, que Paul, sans voir le piège, s'empressait de corriger, et Jérôme Laval en sut beaucoup sur le jeune homme. Malgré cela, son hôte parlait énormément, toujours de lui et de ses affaires, et Paul eut la fausse impression d'en savoir autant sur ce patron de choc que ce dernier en avait appris sur lui. Mais l'art et l'habitude faisaient que Jérôme ne disait sur lui-même que ce qu'il voulait qu'on sache. Ainsi Paul sut-il qu'il était parti de rien ou presque, un CAP d'ajusteur qui ne lui avait jamais servi mais auquel il se référait sans cesse ; qu'il était né avec la passion du commerce, du rugby, et le hobby de la photo dans le sang. Tout ceci bien secoué dans le shaker d'une santé de fer, assaisonné de ce bon sens qui manque tant à ces « connards d'énarques qui prétendent changer le pays sans bouger le cul de leur chaise » expliquait, selon lui, une réussite hors du commun dans les affaires en général et le tourisme en particulier. Quatre golfs, douze campings, trois hôtels de luxe, deux programmes immobiliers en Savoie « Epatant, non ? » formaient à la fois la fortune de Jérôme Laval et le parc de sa Société « Grand Air ».

Durant tout ce temps des présentations, Paul chercha la fille nue du camping-car parmi l'assistance. Il ne la vit pas. Par contre, il repéra d'emblée le sempiternel poivrot de la fête, collé au bar comme une bernique à son rocher. Il se dirigeait vers lui, lorsque Jérôme Laval le prit sous le bras pour l'entraîner à couvert.

Le manoir était massif, tout en pierre de Kersanton, et présentait sa meilleure façade à la mer. C'était une bâtisse à deux étages, dallée assez récemment de grès rouge. Il y régnait une odeur de fumée froide et de suie, conséquence, sans doute, de cheminées défectueuses.

Ils se retirèrent dans un petit salon en compagnie de Mathias Schmidt, dont la mission tacite consistait à les approvisionner en alcool, et d'Hélène, une femme d'une cinquantaine d'années, un peu saoule et somnolente.

Meubles, toiles et bibelots achetés en toute hâte chez les brocanteurs et antiquaires du coin décoraient sommairement le lieu.

« Ça fait longtemps que vous êtes en Bretagne ? demanda Paul.

– La Bretagne, connais pas. Je débarque.

– Ça vous plaît ?

– J'aime pas les mystères. Vous, ici, vous êtes assis sur une mine d'or et vous continuez à aller vous faire chier à Paris pour trouver du boulot. Je comprends pas. Faudrait qu'on m'explique. »

Paul tenta d'expliquer, mais Jérôme n'eut pas la patience de l'écouter.

« Tu sais ce qui fait la richesse ? La diversité de ce qu'on a à vendre et la ténacité de ceux qui le vendent. Pêche, agriculture, tourisme, culture, des écoles partout, le sens du boulot, le goût de l'aventure, tout ça vous l'avez. Alors ? Merde ! Je voudrais qu'on me dise, moi, pourquoi ça déconne autant, en Bretagne. »

Paul se contenta de soupirer.

« Je te dis pas que j'ai pas ma petite idée, embraya le patron qui se bloqua soudain avec le regard dans le vague, comme s'il attendait que Paul le supplie d'aller plus avant.

– C'est quoi, votre idée ? »

L'autre se pencha un peu.

« Je peux te parler franchement ? Je veux dire, tu l'utiliseras pas contre moi un jour ou l'autre dans ton canard ? Parce que la presse, ici, d'après ce qu'on m'a dit, c'est quelque part entre la calotte et le pognon des vieux.

– Moi, j'écris ce que je veux. Je suis libre », s'empourpra le jeune homme.

Un petit sourire dévoila les dents à la blancheur éclatante de Jérôme Laval.

« Politiquement, vous avez cinquante ans de retard. »

Jérôme put lire l'incompréhension dans le regard de Paul.

« Vos ténors de la politique sont des vieux gaullistes, anciens ministres de l'Intérieur, des mecs habiles à manier la matraque. Ils sont payés par Paris pour vous maintenir politiquement sous la botte. En France, t'as des régions qui gagnent du pognon et d'autres qui en perdent. Mais c'est un secret. Personne ne doit savoir qui paye pour qui.

– Et qu'est-ce que vous proposez, pour que ça change ? L'autonomie ? »

Parce qu'il ne l'avait pas perçue, Jérôme Laval ne releva pas l'ironie.

« Dans tous les pays civilisés, c'est l'argent qui domine la politique. Pas le contraire. L'économie, c'est rendre les gens plus riches, pas plus pauvres. C'est leur apporter des services, les faire consommer plus. La politique, ça consiste juste à redistribuer les miettes à tous les paumés que le progrès laisse en carafe. T'es bien d'accord ? » Paul répondit que non, il n'était pas d'accord, mais Jérôme enchaînait déjà. « Tu sais que les Bretons sont très demandés à l'extérieur ? Non ? Personne le dit jamais, ça, hein ? Tes Bretons, ils sont bosseurs, disciplinés, pas vraiment syndicalistes. Ceux qui se croient à gauche ont tous des comportements de droite. Ils n'aiment pas le désordre. Les patrons non plus n'aiment pas le désordre. Moi, j'ai des potes dans l'industrie et tous te le diront, un collaborateur breton, tu peux le réveiller à minuit, l'envoyer au charbon à l'étranger, le faire bosser soixante heures par semaine, il se plaindra pas. Pour lui, la société qui l'emploie est quasi sacrée, entre le Bon Dieu et l'État. Ça vient peut-être de la misère du vieux temps, non ? La peur de manquer… cette impression d'avoir bien mérité les trois sous de sa paye alors qu'on en a rapporté quinze à l'employeur. Mais les douze de la différence, tu vois, c'est tabou. C'est ces douze-là qui rassurent le mec qui trime parce qu'ils lui garantissent la longévité de l'entreprise. Ils lui garantissent que dalle, mais ça, il ne le sait pas ou ne veut pas le savoir. »

Paul se dit qu'avec ces douze balles, les types comme Jérôme Laval se payaient des châteaux, des chevaux de course et des vacances à Papeete...

Le garçon commença à se sentir physiquement mal. Pour résister au débit du patron, il tenta de distraire son attention en fixant la femme, Hélène. Il y avait dans le regard de cette dernière une immense lassitude que l'abus d'alcool n'expliquait qu'en partie. Cette femme paraissait brisée, et Paul aurait donné cher pour connaître le lien qui l'unissait à Jérôme. Une parente ? Une amie ? Quoi qu'il en soit, elle avait dû être très belle, et présentait encore les traits de ces beautés bourgeoises affinées au fil des générations. La courbe de ses yeux, la finesse de son nez, l'élégance de sa bouche, émergeaient comme autant de purs récifs dans une mer tourmentée. Il y a quelque chose de pathétique chez toutes les femmes qui furent et qui n'ont, de ces années, gardé qu'« un certain charme ». Paul l'imagina au matin, quand les cruelles lumières d'été percent les stores, face à ce miroir jadis si complice. Il l'imagina aux mains tremblantes des excès de la nuit, pataugeant dans les crèmes et les fards, rassurée *in fine*, parce qu'il faut bien, parce qu'autrement s'enveniment les pensées de mort, de suicide, de cette fatale échéance qu'il serait si simple d'anticiper.

Elle surprit le regard de Paul et ferma doucement les yeux tandis qu'un suave et lent sourire lui étirait les lèvres.

« C'est pour ça que je suis venu m'installer dans ton Far West, continuait Jérôme. Des sites formidables, du biniou pour les touristes payé par le contribuable, des filles et des gars courageux qui respectent mes douze balles comme le saint sacrement. Ouais, c'est pour ça ! Je te choque, hein ? Je vois bien que je te choque. »

Paul fatiguait. Il regrettait d'avoir laissé sa voiture au camping de la Forêt, et donc de dépendre de Mathias pour le retour. Il loucha vers le fauteuil où s'était assis le gérant. Personne. Une fois de plus, Mathias avait disparu sans même que Paul ne l'ait vu se lever.

Le garçon se retourna vers Jérôme.

« Oui, je trouve ça minable », répondit-il d'une voix sans timbre.

Le patron se pencha en avant, les mains jointes, les coudes posés sur les genoux.

« Tu trouves ça minable parce que t'es dans le camp des trois balles. Pas des douze. Réfléchis une seconde dans ta petite tête. C'est quand la dernière fois que t'as entendu un patron dire la vérité comme je viens de te la dire ? »

« Réfléchis dans ta petite tête... » Depuis qu'il travaillait au journal, jamais personne n'avait parlé à Paul avec des mots aussi méprisants. « Réfléchis dans ta petite tête... », dans la région, tout le monde connaissait la puissance du journal et, partant, le pouvoir de ceux qui y écrivaient. Il fallait bien que ce type vint de l'extérieur pour s'adresser ainsi à un de ses représentants. Il fallait qu'il soit bien sûr de lui, de sa propre puissance, du pouvoir illimité de l'argent. Parce qu'il n'allait quand même pas lui foutre son verre de champagne dans la gueule, Paul se contenta d'un lent hochement de tête qui ne voulait rien signifier mais qui lui donna une attitude. Il se dit qu'avec des idées pareilles sur la Bretagne et les Bretons, Jérôme Laval, tôt ou tard, allait se foutre dans le ravin. On ne viole pas la fille dont on espère un enfant.

« Tu gagnes combien ? »

Le jeune homme venait de porter son verre à sa bouche et faillit s'étrangler. Jamais, ici encore moins qu'ailleurs, une telle question n'était posée. Autant péter en pleine messe. Paul reposa son verre sans relever les yeux. Il voyait les plis du pantalon de Jérôme, impeccables, ses chaussures anglaises, cirées avec soin. Et puis il vit ses propres baskets, avec un lacet dépareillé.

« Ça ne vous regarde pas. »

Dans « 100 francs par jour », il y eut sang, sang frais, par jour. Parjure. Si ces mots avaient franchi ses lèvres, il serait mort de honte, terrassé par eux ; il aurait eu l'impression de vomir sa propre vie, son propre sang, sa condition de quasi-naufragé que l'humble fanal d'une future titularisation au journal maintenait seulement à flot.

Ce fut le retour de Mathias qui le sauva. Car si l'autre avait insisté, s'il y avait mis son art…

« Elle est dans le parking, complètement saoule… elle veut partir », dit le gérant, visiblement inquiet.

Jérôme Laval se leva d'un bond en éructant un « Ah ! la garce » retentissant. Paul s'apprêtait à emboîter le pas aux deux hommes lorsqu'une voix murmura : « Laissez-les. N'y allez pas. »

Il regarda Hélène. La femme le fixait entre ses paupières mi-closes.

« Vous valez mieux que ça… Et puis vous êtes si jeune… », ajouta-t-elle avant de fermer les yeux.

Elle sembla s'endormir, soudain. Sa respiration s'apaisa, sa nuque fléchit un peu, une mèche lui recouvrit le front. Alors, doucement, Paul quitta le salon.

Sur la terrasse, silencieuse à présent, il n'y avait plus personne. Sans s'arrêter, le jeune homme saisit une part de pizza froide qu'il engloutit en deux bouchées. Il n'avait dans le ventre, depuis le lever, qu'un sandwich au jambon avalé le midi et l'acidité de la tomate lui brûla l'œsophage.

Il contourna le manoir par l'aile Est et se retrouva perdu dans des massifs d'hortensias bleus et roses où roulait le vent de la nuit. Par-delà le bruit des feuilles que l'air malmenait, il entendit des cris, des voix. Il gagna une pelouse, écarta les branches basses d'un noisetier et, de là, eut une vue sur le parking.

En contrebas, la fille nue du camping hurlait « Fous-moi la paix ! » à Jérôme Laval qui tentait de lui saisir le bras. Elle était vêtue d'un jean et d'un tee-shirt à la marque d'une université américaine et, était-ce l'effet des bourrasques ou de ses mouvements brusques, ses cheveux menaçaient de s'envoler. Éclairée par les spots au ras du gravier blanc de l'allée, dans la chaleur d'une nuit comme la région en compte peu dans un été, avec les ombres des voitures de luxe en arrière-plan, la scène semblait irréelle, presque un mirage de la Côte d'Azur.

Paul descendit l'éboulis de granit qui faisait élégamment office d'escalier entre la pelouse et le terre-plein du parking.

Jérôme avait réussi à empoigner le bras de la fille qui se débattait plutôt mollement. Dès qu'il vit Paul, il la lâcha. Elle commença alors à s'éloigner à reculons, en secouant la tête.

« Sofiane ! Reviens-ici ! hurla le patron.

– Connard ! »

Elle s'arrêta près de la Jaguar de Mathias et s'engouffra à l'intérieur. Presque aussitôt, le moteur se mit à rugir. Le gérant fit un pas en avant. « Eh ! Ma Jag… », gémit-il tandis que les roues du bolide creusaient le gravier en deux parfaits arcs de cercle.

Paul observa les deux hommes ; Mathias et son ventre, son expression d'enfant à qui on vient de confisquer un jouet, Jérôme, soudain calmé, qui regardait la Jaguar disparaître, tous feux éteints.

Le regard de Paul remonta jusqu'au manoir, d'où il s'attendait presque à voir jaillir un metteur en scène muni d'un porte-voix. Sur le perron, le vent tourbillonnant avait déniché une poignée de feuilles mortes. Dans les feuilles voletant à mi-hauteur, tel un fantôme frileux, Hélène aux épaules recroquevillées serrait les pans d'un châle entre ses mains fines.

V

Paul était assis à l'arrière de la Mercedes, Mathias à l'avant. Jérôme conduisait, taciturne. Il les raccompagnait au camping. D'où qu'on vienne, au retour, la route paraît toujours plus courte qu'à l'aller. Ici, ce ne fut pas le cas, et Paul ne reconnut pas le chemin qu'ils avaient emprunté pour se rendre au manoir. Sans doute le patron connaissait-il mal les itinéraires de la région. Mathias aurait dû le guider, mais il ne le faisait pas.

Comme ils passaient le long d'une plage, ils y virent un grand feu. Une dizaine de jeunes gens terminaient une fête, certains dansant, d'autres affalés sur le sable. Jérôme ralentit un peu et les regarda. Un peu plus loin, quelques voitures étaient garées sur un terre-plein. La Jaguar n'étant pas du nombre, la Mercedes accéléra.

En se promenant en aveugle sur la banquette, la main de Paul heurta un objet. C'était un appareil photo luxueux, un Nikon tout neuf, semi-automatique muni d'un objectif de 50 mm. Il le prit, le toucha, le regarda. Il se souvint que Jérôme était un passionné de photo. Enfin, d'après ce qu'il avait dit. La pratique de la photo exige des qualités particulières de patience, de discrétion, l'art de se faire transparent, de s'imposer dans un univers tout en en disparaissant. Lors d'une expérience, quelle qu'elle soit, la présence de l'observateur en modifie les résultats. C'est à l'identique en photo, et de cette légère modification de la scène naît un trouble sentiment de magie. C'est en ce sens, bien plus que dans ses choix, qu'on reconnaît la personnalité du photographe. Que pouvait donc bien photographier Jérôme Laval ? Des caterpillars creusant une route dans une colline de boue ?

Dans le rétroviseur, le conducteur l'épiait.

« Je te le donne. Il est à toi », dit Jérôme.

A brûle-pourpoint, ce sont toujours des réflexes de l'enfance qui s'imposent. On avait toujours appris à Paul à refuser les cadeaux. C'est même ainsi, que, le jour de sa communion solennelle, il avait refusé tous les présents de ses oncles et tantes, parrain et marraine, avant, bien sûr, de les accepter. Cette pudeur avait bien fait rire la famille et ces rires avaient provoqué en lui un sentiment de honte. Quand il lui arrivait d'y repenser, le sentiment de honte revenait, aussi fort qu'il y a douze ans...

« Non, merci. J'en ai déjà un, répondit-il.

– Un quoi ? Quelle marque ?

– Un Zénit. »

Jérôme hocha la tête en souriant.

« C'est russe, ça, non ? Tu l'as payé en roubles, j'espère. Avec des francs ce serait du vol... »

Paul avait acheté son Zénit lors de l'inauguration du supermarché Rallye à Quimper, et c'était quasiment un cadeau promotionnel.

« Prends le Nikon. Ton Zénit va tomber en rade, c'est de la merde. »

L'appareil japonais commençait à lui brûler les doigts, il le reposa.

« C'est pour me faire pardonner la fin de soirée », continua Jérôme.

Mathias jeta un bref coup d'œil sur son patron puis revint à la contemplation de la route. Paul, lui, n'embraya pas. Il aurait pu rentrer dans le jeu des civilités, du style : « mais non, j'ai passé un excellent moment en votre compagnie », etc., il n'en fit rien. La présence de cette fille au camping puis au manoir l'intriguait au plus haut point, certes, mais il ne voulait pas le montrer. Si Jérôme Laval voulait en parler, qu'il en parle...

« C'est ma belle-fille, Sofiane. La fille d'Hélène. Elle traverse une sale période... »

Le ton et l'expression de Jérôme Laval avaient, soudain, complètement changé. La fragilité que le patron manifestait accrut l'attention de Paul.

« C'est une fille épatante, mais là, je crois qu'elle pète les plombs. Elle se plaisait bien, à Paris, et je sais pas, on a peut-être fait une connerie en l'amenant en Bretagne. Elle connaît personne, ici... Moi, au moins, quand j'étais gosse, j'avais le rugby. T'as déjà joué au rugby ?

– Non, au foot.

– Le foot, c'est pas pareil. Y a pas le même esprit d'équipe. Moi, quand j'ai commencé le rugby, j'étais petit et racho. C'est ça une équipe de rugby. T'as des petits rachos et des gros balèzes. Tous unis. La première fois que tu entres sur le terrain, tu les regardes, tes gros, tes super-biscottos, et tu les compares à ceux de l'équipe adverse. Et puis la partie commence. A un moment, tu te fais salement marcher dessus. Y a toujours un moment où tu te fais marcher dessus, au rugby, c'est la règle, l'intimidation. C'est à ce moment-là que tu les vois rappliquer, tes piliers. Ils viennent en chœur s'essuyer les pompes sur le type qui t'a fait du mal. Tu les vois, ces énormes que tu connaissais même pas deux mois avant, prêts à se faire péter le nez pour te défendre. Et ça, mon pote, c'est une des plus grandes émotions que tu peux ressentir dans une vie. C'est peut-être même la plus belle. Tu te dis que plus jamais tu seras seul, que plus jamais t'auras peur. Et toi, après, tu vas te défoncer pour eux, courir le plus vite que tu peux. Travailler jusqu'à en chialer la musculature de tes épaules pour faire les passes les plus longues en sortie de mêlée. Pour la gagne. Et aussi pour qu'ils soient fiers de toi, tes gros… Mais les filles, elles ont pas ça. Elles ont pas le rugby, et ça leur manque toute leur vie… » Il y eut un silence, puis Jérôme Laval éclata de rire. « La couture, c'est bien, mais question de se fendre la gueule, y a mieux ! »

Mathias se mit à rire aussi. Jérôme lui tapota la cuisse.

« Ah ! Tu te décoinces, gros nounours ! »

Derrière, Paul se demandait par quel bout il devait prendre cette tirade sur le rugby. Il avait l'impression que le patron cherchait à lui dire quelque chose, à lui faire passer, au-delà du cryptage sportif, un message plus important. Il avait souvent remarqué ce besoin qu'ont les hommes, entre quarante et cinquante ans, de témoigner de leur propre vie. Surtout ceux qui n'ont pas eu d'enfant et qui cherchent dans l'écoute d'un jeune homme une quelconque utilité publique à leur expérience. Le plus souvent, la substance de leurs paroles se résume à Travail, Famille, Patrie. A ceci près qu'ils ont rarement pratiqué ces trois valeurs de front. Qui a travaillé dur et s'enorgueillit de sa réussite n'a pas fondé de famille ou pas vu ses enfants grandir. Ceux pour qui le sens de la famille a été une ligne de conduite n'ont jamais eu le temps nécessaire d'assouvir d'autre ambition. Quant au sentiment patriotique, il est toujours de mode lorsque la patrie ne réclame rien.

Il y eut un nouveau silence.

« T'es pas très causant, pour un journaliste.

– Faut savoir écouter, répondit Paul.

– Ouais. C'est pas courant, les gens qui savent écouter. »

Ils arrivaient au camping et Paul remarqua que la tempête avait grossi. Le vent se coupait aux pins avant de débouler sur les tentes dont il faisait glousser les toiles. Plus une lumière ne brillait. Seule dans le ciel une grosse demi-lune regardait filer les nuages.

Lorsqu'ils descendirent de voiture, ils durent plisser les yeux et se détourner d'une volute de sable qu'ils entendirent s'abattre sur les carrosseries des véhicules garés.

Paul serra la main que Jérôme Laval lui tendait. Il salua aussi Mathias puis se dirigea vers sa 4 L. Ils n'échangèrent pas un mot. A présent, Paul regrettait de n'avoir pas questionné Jérôme et d'en avoir appris si peu sur Sofiane. Que la jeune fille eût été au camping cet après-midi n'était plus un mystère puisque son beau-père en était le propriétaire. Mais c'est bien cette parenté qui rendait le voyeurisme de Mathias encore plus inexplicable…

Dans son dos, il entendit la portière de la Mercedes qui s'ouvrait puis se refermait. Comme il introduisait la clé dans la serrure de sa Renault, il vit zigzaguer à ses pieds le pinceau de lumière d'une torche électrique. Paul se retourna.

Accroupi derrière la 4 L, Jérôme Laval en inspectait les pneus. Il se releva, passa près du jeune homme sans rien dire puis alla se faire une idée du train avant.

« Tu sais qu'il a fallu neuf mois à ta mère pour te fabriquer ? »

Paul sourit.

« Tu rigoles ? Ben moi je rigole pas. Elle est complètement pourrie, cette caisse. Complètement pourrie.

– Je sais », dit Paul avec un haussement d'épaules fataliste que l'autre, bien évidemment, ne pouvait pas comprendre.

Sans voiture pas de travail, sans travail pas de voiture. Et devait-il dire qu'en plus il n'avait pas payé ses primes d'assurance depuis plus d'un an ?

« Tu sais rien du tout, enchérissait Jérôme. Moi, ce que je sais, c'est que t'as un pneu qui va péter dans moins de mille bornes. Je te dis pas lequel parce que ça risque d'être les quatre ensemble. Tu roules là-dedans depuis longtemps ?

– Un an.

– Dis-toi que t'es un miraculé. »

A son tour, Mathias commença à ausculter la 4 L. Comme il saisissait le pare-chocs avant, les suspensions émirent un cri déchirant. « Elle souffre ! Il faut l'abattre ! », pensa Paul qui contenait difficilement un rire nerveux. « Mais je vous en prie. Accordez-lui au moins son dernier vœu : me ramener à la maison. »

« Tu sais ce qu'on va faire ? Tu vas m'emmener celle-là à la casse parce que ça sert à rien de te ruiner en réparations. Moi, je vais te faire envoyer une bonne bagnole... J'ai un parc de Renault 5 nickel-chrome pour les clients de mes hôtels...

– Mais, je ne peux pas... »

Qu'allait-il dire ? « Je ne peux pas payer... Je ne peux pas accepter... » Il n'eut pas le temps de finir sa phrase, Jérôme Laval l'avait coupé d'un cinglant « Ta gueule ! » qui pétrifia autant Paul que Mathias.

« J'ai un CAP d'ajusteur et je sais de quoi je parle. Maintenant que j'ai vu ta poubelle, je vais avoir la pétoche pour toi, continua le patron sur un ton plus doux. S'il t'arrive quelque chose, on aura l'air malin, Mathias et moi. »

Mathias hocha la tête.

« Je verrai, murmura Paul en ouvrant sa portière.

– C'est tout vu, conclut Jérôme Laval. On peut t'appeler où ?

– A la rédaction », répondit-il en s'asseyant derrière le volant. Il n'avait pas le téléphone dans son appartement, à Quimper.

Le jeune homme démarra. Comme il s'éloignait, il vit les deux hommes qui le regardaient partir, nimbés de vapeur bleue d'échappement.

Une voiture en bon état… C'était à la fois une bonne et une mauvaise nouvelle. Sans doute Jérôme Laval ne comptait-il que la lui prêter… Et même s'il la lui vendait à un bon prix, comment allait-il la payer ? Sans compter que, quel que soit le cas de figure, il serait bien obligé de l'assurer…

Ce fut seulement à hauteur de la sortie vers Concarneau que Paul vit le Nikon, là, juste à côté de lui, sur le fauteuil passager. Pointé sur le jeune homme, le gros œil noir de l'objectif semblait le surveiller.

Paul leva le pied de la pédale d'accélérateur.

VI

La rue Jules-Noël s'adosse au cimetière Saint-Marc et débouche devant l'église Saint-Mathieu. Bien qu'à proximité immédiate du centre-ville, c'est une voie transverse, peu passante. Paul habitait au numéro 27, au deuxième étage. Deux fenêtres, dont il n'ouvrait jamais les persiennes, donnaient sur rue. De l'autre côté, une porte-fenêtre versait par deux marches sur un balcon en surplomb d'un jardin à l'abandon. Composé de deux pièces de taille égale et d'une cuisine, l'appartement avait par lui-même un certain charme que Paul s'était contenté de rehausser de ses milliers de livres et ses centaines de disques, entassés sur des étagères de récupération. L'ensemble, pour qui ne se fut pas arrêté à ce luxe de l'esprit, respirait néanmoins la pauvreté. Un matelas deux-places jeté à même le sol, un seul appareil de chauffage au gaz butane, des ampoules nues au plafond, des tapisseries de l'après-guerre composaient ce second coup d'œil que peu étaient amenés à donner ; Paul ne recevait pratiquement personne. L'accès aux toilettes et à la douche se faisait par le balcon et c'était le plus grand inconfort des lieux. Un chauffe-eau au gaz de ville était bien accroché au mur, mais il ne débitait que de l'eau froide, moins chère que l'eau chaude. Par ailleurs, la moitié de l'installation électrique de l'appartement était piratée sur la partie commune de l'immeuble, ce que Paul ignorait quand il avait emménagé, mais qu'il s'était bien gardé de changer lorsqu'il s'en était rendu compte.

A l'origine, soit deux ans plus tôt, Paul payait 250 francs de loyer mensuel. Le propriétaire, un militaire à la retraite, ne lui ayant pas fait signer de bail, l'avait augmenté à 350 francs six mois plus tard, puis à 400 francs au printemps. Cette somme correspondait à quatre jours de travail, ce qui n'était pas excessif en soi, mais le devenait lorsque Paul ne travaillait plus que huit jours par mois au journal.

La cuisine ne contenait en tout et pour tout qu'une gazinière, elle aussi au butane, un frigo et un toasteur. Dans le réfrigérateur, il y avait du pain de mie tranché et des pots de sauces pour fondue bourguignonne. Paul introduisit deux tartines dans le grille-pain avant de les enduire de béarnaise. Il crevait littéralement de faim.

Puis il se rendit aux toilettes. Le passage du balcon, l'été, était une partie de plaisir, avec ces lentes effluves d'humus qui montaient du jardin endormi. L'hiver, pour cette traversée, il fallait s'armer de courage.

Il ouvrit la porte.

D'abord, il ne vit qu'une ombre, assise sur la lunette. Une ombre penchée, coudes aux genoux. Paul fit un bond en arrière. La lune, plus haut dans le ciel, versait sa lumière tendre par la petite fenêtre qui perçait le mur, à l'ouest. Ces cheveux longs, châtain clair, qui tombaient sur le visage de la fille, lui firent d'abord penser à Sofiane. Et puis elle parla. « Je croyais que tu rentrerais pas… dit-elle. Je t'ai fait peur ? »

Martine avait les clés de l'appartement. C'était une chic fille de vingt-trois ans, à moitié à la rue, à moitié chez ses parents. Paul l'aimait bien, sans plus. Martine avait abandonné des études de lettres à la faculté de Rennes. Ils s'étaient connus au restaurant universitaire, à Villejean, alors qu'ils y dérobaient des tasses à café, chacun de son côté. De retour à Quimper, Martine était entrée dans la mouvance des sympathisants du Front de Libération de la Bretagne, tendance Armée Républicaine Bretonne. De manière plus officielle, elle s'occupait bénévolement d'une permanence écologiste qu'un professeur de lycée avait ouverte et qui prenait, ces derniers temps, une importance que nul n'avait prévu, grâce, en partie, au récent naufrage du pétrolier *Amoco Cadiz*, à Portsall. On avait même parlé de la salarier enfin au « Rayon Vert », c'était le nom de l'association, ce qui expliquait qu'elle ne cherchât plus de travail.

« J'ai amené une bouteille de vin rouge biologique. Je l'ai mise au frigo. Tu l'as vue ? Tu en veux ? »

Il n'avait rien vu et il n'en voulait pas. La dernière fois qu'il avait bu du vin biologique, c'était lors d'un pot d'anniversaire à la rédaction de Quimper et les toilettes en avaient été bouchées pendant deux jours.

« Je peux continuer à dormir ici ? », demanda ingénument la fille.

Il n'avait pas remarqué non plus que le lit était défait. En fait, depuis qu'il avait quitté le camping, Paul ne cessait de penser à la journée qu'il venait de vivre et aurait souhaité pouvoir la terminer tranquillement. Il aurait voulu s'endormir sur le mystère de Sofiane, entraîner son image alanguie jusque dans ses rêves. Mais Martine était là, qui continuait de parler.

« Tes chiottes sont vachement mieux l'été que l'hiver, tu trouves pas ? Qu'est-ce qu'on caille, là-dedans, l'hiver !

– Merci, je sais ! », rétorqua Paul un peu vivement.

Déjà, elle était dans le lit et le regardait. La petite lampe de chevet posée par terre l'éclairait de telle manière qu'elle paraissait plus jolie que nature. Étaient-ce ses taches de rousseur inégalement dispersées, elle en avait deux fois plus sur la joue droite que sur la gauche, ou bien son front trop bombé ? Martine n'était pas moche, loin de là, mais il lui manquait le charme, cette émanation diffuse dont on cherche en vain l'explication.

Un peu par provocation, Paul se déshabilla bien en face d'elle et la fixa droit dans les yeux en retirant ses sous-vêtements. Elle ne cilla pas, son regard ne dévia pas du bas-ventre qui oscillait à moins d'un mètre d'elle.

Il s'allongea et éteignit la lumière.

« Tu veux faire un câlin ? », demanda la fille.

Bien qu'elle fût venue une bonne dizaine de fois dormir chez Paul, ils n'avaient pratiqué que deux fois le câlin en question. Ils s'aimaient bien, sans plus, et Martine appréciait de pouvoir coucher ici sans passer automatiquement à la casserole. Ce soir, pourtant, elle en avait envie mais ne savait pas trop comment s'y prendre. Le premier de tous les objectifs consistait à maintenir Paul éveillé.

« Tu sais qu'on reparle de construire une centrale nucléaire dans le Finistère ? », dit-elle d'un ton qui se voulait détaché. Mais elle parla trop fort et Paul sursauta.

De son côté, le jeune homme commençait à en avoir marre et ne savait pas trop comment le dire. D'un sens, il trouvait étrange de ne pas avoir envie d'accepter la proposition de Martine. De l'autre, il se disait qu'elle proposait son câlin comme dédommagement, pour le dérangement en quelque sorte. Et c'était un règlement qu'il ne pouvait moralement pas accepter. La fille ne savait pas où dormir ce soir, elle avait les clés, elle était entrée et voilà. Il ne fallait voir là-dedans rien d'autre qu'une forme de solidarité, d'entraide entre personnes de la même génération : ce qu'on aurait tant aimé voir un peu plus chez les gens des générations précédentes, chez tous ceux qui ont fait de leur logis un tabernacle, le temple de leurs petites richesses accumulées au cours d'une vie de dur labeur, avec le fusil de chasse dans l'entrée pour bien montrer au visiteur qu'il a intérêt à ne pas oublier le paillasson avant de franchir le seuil.

« Une centrale nucléaire, tu te rends compte ? Ça va vachement mobiliser les gens.

– C'est sûr, là, tu te feras embaucher à la permanence », grommela Paul, que le sommeil gagnait.

Il la sentit qui se raidissait contre lui.

« Mais je m'en fous, de moi. Je compte pas là-dedans ! T'as pas l'air de te rendre compte, une centrale ! Ici ! Chez nous !

– Ils la mettront où ?

– On parle de Plogoff.

– Encore ? Je croyais qu'ils avaient fait une croix dessus. »

Deux ans plus tôt, des techniciens EDF en recherche de site s'étaient heurtés à l'hostilité de la mairie et de la population. Des barricades avaient été dressées au lieu-dit Feunteun-Aod et, depuis, on croyait l'affaire plus ou moins classée. L'alerte, pourtant, était donnée, le loup avait repéré l'agneau et l'agneau se savait épié. Au printemps dernier, à la suite d'un article de Paul sur la permanence écologiste, Martine lui avait confié un exemplaire du plan Orsec-Rad. Ce document, classé « top-secret » et qu'elle s'était procuré de manière bien évidemment illégale, relatait la conduite à avoir en cas de catastrophe nucléaire civile. Prendre une douche et se curer les ongles, tels étaient les deux seuls enseignements pratiques que les autorités seraient, dans le pire des cas, amenées à prodiguer aux populations. « Prendre une douche et se curer les ongles… » Paul en avait fait le titre de son article, paru dans toutes les éditions du journal à la rubrique informations générales.

Malheureusement pour Paul, sa signature avait sauté, et toute sa gloire avec. Le jeune homme en avait ressenti une immense frustration, une blessure d'orgueil. Et son sentiment de participer à une juste cause en avait pâti.

Deux masses flasques vinrent caresser la joue de Paul : Martine rallumait la lumière. Au retour, ses seins frôlèrent à nouveau le visage du jeune homme.

« T'es sûr que tu ne veux pas faire un câlin ? »

Comme il allait répondre, la fille remarqua le Nikon, posé sur une chaise.

« T'as acheté un appareil neuf ? s'étonna-t-elle.

– On me l'a donné. Enfin, prêté...

– Donner et prêter, c'est pas pareil. »

Parler de Jérôme Laval l'amènerait peut-être à des confidences qu'il n'avait pas envie de faire. En règle générale, Paul détestait les confidences. Il ne parlait jamais de lui, pas plus de ce qu'il faisait. Des fois, il se demandait si son propre individu ne se résumait pas à ses articles, à cette encre qui seule lui donnait l'impression d'exister. A condition, bien sûr, que ses articles fussent signés...

« Tu pourras me prendre en photo ?

– Quand ça, maintenant ? A poil ? »

Martine baissa légèrement les yeux. Il lui sembla même qu'elle rougissait.

« Mais non, demain... Un autre jour... J'ai aucune photo de moi. »

Paul promit de ne pas oublier. Comme il éteignait à nouveau la lumière, la pièce sembla s'ombrer de bleu. Le téléviseur, la radio posée dessus, la pile de livres contre la cheminée, l'horloge murale, la chaise où leurs habits s'épousaient en molles volutes, jusqu'aux lames du parquet ciré dont les nœuds paraissaient soudain saillir, c'était déjà le concert des objets au sortir de la nuit.

L'été poussait son aube hors des courtes heures ; dans le jardin à l'abandon, une grive chanta.

« Y a toujours un moment où tu te fais marcher dessus, au rugby, c'est la règle… »

A côté de Paul, Martine se mit à ronfler. Le jeune homme ferma les yeux. Il s'endormit quand même, avec le visage de Jérôme Laval pour seule compagnie.

VII

Paul, qui n'avait pas entendu son réveil, arriva en retard à la rédaction de Quimperlé. Le temps avait changé, et les deux averses qui s'étaient abattues sur la voie express l'avaient encore ralenti. De loin, il avait aperçu la colonne de fumée d'un incendie, sans doute un feu de grange, et s'était arrêté pour noter l'heure et le lieu sur son calepin. Ce soir, lorsqu'il fera la tournée, il interrogera la gendarmerie concernée. La tournée, pour un localier, consiste à appeler les pompiers et les gendarmes des communes, à relever le moindre accident, scrupuleusement. Il n'est pas question d'attribuer à Jacques la paternité d'un carambolage provoqué par Pierre. En général, il se passe peu de choses dans les petites communes, et les gendarmes sont heureux de ces quelques minutes quotidiennes passées à deviser avec la presse ; on reconnaît d'ailleurs un bon localier au ton joyeux qu'il emprunte lors de cette fameuse tournée. Et lorsque, par bonheur, un fait divers a occupé les hommes au képi, la conversation peut même se faire carrément blagueuse. Le localier, par contre, ne se contente pas d'un coup de fil au siège de la Brigade et de la Compagnie, il s'y rend tous les jours. Et même deux fois par jour lorsque les gendarmes organisent un pot. Parce qu'on ne rate jamais un pot dans les gendarmeries ; on y entend les meilleures blagues, sur les autres casernes, bien entendu. Il y a untel, qui a fait souffler une Anglaise dans le ballon, alors qu'elle n'était que la passagère. Ce crétin n'avait même pas remarqué que le volant était à droite. Et puis ceux-là, qui ont dérobé la voiture de fonction de leur capitaine devant le domicile de sa maîtresse avant de la garer au fin fond du parking de la caserne. Et de se plier en deux à l'évocation de la tête du gradé lorsqu'il est rentré à la Brigade porter plainte... Et encore cet adjudant-chef benêt et mal marié qui arrosait la voiture de sa pauvre femme de P.V., grevant par là même le budget familial. Et puis, quand ils sont en grande forme, les gendarmes se souviennent de leurs meilleures affaires, crimes, viols, escroqueries, attaques à main armée. Alors, l'atmosphère se retend, on écoute comme à la veillée, avec des hochements de têtes compréhensifs ou intrigués, on prend des mines, des attitudes qu'on se plaît à répéter pour peu qu'on ait déjà entendu l'histoire. Certains gendarmes, en effet, n'ont vu qu'un seul gros coup de toute leur carrière et le racontent trois fois l'an aux collègues, dix fois à la famille. Il y en a même, qui, de toute leur vie professionnelle, n'ont rien vu du tout.

Madame Rose portait une robe à fleurs. Dès que Paul passa la porte vitrée, elle leva le nez de l'avis d'obsèques qu'elle était en train de mettre au propre et émit un curieux hululement.

« Ouh ! monsieur Paul...

– Je sais, madame Rose. Je suis en retard. Il y avait un incendie, sur le chemin », mentit-il. Pourquoi lui mentait-il, d'ailleurs ? Il se le demanda, madame Rose n'ayant rien à voir dans son emploi du temps. Simplement, il mentait pour avoir la paix et pour qu'aucun ragot ne puisse traîner à son propos lors du goûter annuel des secrétaires.

« Un monsieur Laval a téléphoné deux fois. La première fois, je l'ai passé à monsieur Robert. Il m'a demandé si je vous avais entendu parler d'une histoire de voiture. Je crois que monsieur Robert n'a pas bien compris ce que ce monsieur disait. Aussi, quand il a rappelé, je lui ai bien fait expliquer de quoi il s'agissait. »

Elle s'arrêta là, net.

« Et alors ? demanda Paul d'un air détaché.

– Alors, je n'ai pas bien compris non plus. Il m'a demandé si vous seriez là ce matin, je lui ai répondu que oui. C'est pour ça que j'étais inquiète, j'avais peur de ne pas vous voir. Je crois qu'il va vous envoyer quelqu'un en voiture. »

Déjà...

Paul sourit à madame Rose qui le fixait avec une pointe d'angoisse dans le regard. Comme d'habitude, elle craignait d'avoir mal fait, d'être à l'origine d'une erreur.

« Faut dire qu'il parle si vite, ce monsieur Laval. On a du mal à suivre. Même monsieur Robert n'a pas pu me dire ce qu'il voulait vraiment », enchérit-elle.

Ainsi, Jérôme Laval n'avait rien dit de leur conversation de la veille et s'était visiblement empêtré dans son histoire de voiture. Ce détail n'était pas pour déplaire au jeune homme. Le patron du « Grand Air » savait donc, à l'occasion, se montrer discret. La nuit dernière, Paul s'était endormi avec le visage de Jérôme Laval suspendu à l'écran de ses paupières closes. Puis il en avait rêvé, avec intensité lui avait-il semblé. Pourtant, au matin, il ne lui restait de ce rêve qu'une vague oppression.

Il ouvrit le journal pour y lire ses articles de la veille. Il est toujours bon de se relire, d'une part pour se mettre dans la peau du lecteur, d'autre part histoire de débusquer les coquilles et autres mastics.

Il n'y avait pas la moindre erreur d'imprimerie dans « Des vacances bien méritées ». Les Belges étaient là, en noir et blanc, avec l'expression nigaude de tout un chacun devant un objectif. La photo de la plage du Pouldu s'étalait au-dessus, sur quatre colonnes chapeautées de ce titre sans équivoque : « Les juillettistes sont arrivés ». A présent, plus personne n'était censé l'ignorer, les vacances venaient de commencer. Et pour qui en doutait encore, la lecture de l'article, fait de redites et de poncifs, devait suffire à s'en convaincre. Ensuite, Paul survola le travail de Robert. Un concours de boule dans un quartier prolo de la ville, l'annonce d'une exposition de peinture à la Maison des Archers et, encore, l'ouverture de la saison touristique vue par le Syndicat d'Initiative de Quimperlé et le sourire de sa nouvelle hôtesse, mademoiselle Camille Martin, vingt-deux ans, originaire de Bannalec, fille de commerçants honorablement connus dans cette ville.

C'étaient, vraiment, deux pages affligeantes, et Paul se sentit soudain l'estomac brouillé. Il pensa à Robert, qui étrennait sa vingt-sixième année dans cette rédaction et sa nausée s'amplifia. Jamais il n'avait ressenti de mépris pour ses confrères, pour son travail, pour les gens qu'il interviewait. Bien au contraire, il souhaitait être embauché définitivement au journal et attendait d'ailleurs une réponse à la nouvelle demande écrite qu'il avait fait transiter par la direction départementale du Finistère, basée à Quimper. Non, simplement le jeune homme se demandait comment rendre le journal plus intéressant, plus présent, plus audacieux. Mais, pour cela, encore eût-il fallu qu'il se passe quelque chose quelque part. Bon sang, il devait bien exister des gens qui faisaient quelque chose de leur vie ou avaient quelque chose d'important à dire, dans cette région ! La nausée de Paul se transformait en colère lorsque Magdelaine Chauffard entra dans la rédaction. Il allait justement attaquer le compte rendu de sa rencontre avec l'écrivain et l'irruption de cette dernière le dérangea. Il aimait prendre le temps de l'écriture, surtout pour ce genre d'article. Il aimait aussi qu'une nuit eût passé, lavant la mémoire des détails inutiles.

Elle resta piquée une poignée de secondes près du bureau de madame Rose, presque chancelante. Ainsi, elle ressemblait à un vieil oiseau mal plumé ayant perdu toute confiance dans son sens de l'équilibre.

« Oui ? demanda la secrétaire.

– Ah ! Il est là ! », s'exclama soudain la vieille dame en apercevant Paul dans le bureau du fond.

Elle fit trois pas, s'arrêta au seuil de la deuxième pièce, et, bêtement, toqua à la porte ouverte alors que Paul la regardait.

« Entrez, entrez », invita le jeune homme.

Elle s'assit face à lui, sans dire le moindre mot. Elle l'observait, et dans ses yeux il y avait de la crainte.

« J'allais écrire mon article sur vous », dit Paul.

Un instant, le jeune homme se demanda si Magdelaine Chauffard n'allait pas chercher à corriger telle ou telle anecdote racontée par elle la veille, et il se crispa. Quiconque demandait à lire ses articles avant publication n'en voyait jamais la trace dans le journal du lendemain, c'était une règle valable pour tous les interviewés, qu'ils soient préfets, commerçants, artistes ou députés.

« Vous allez vraiment faire un article sur moi ? »

Elle semblait sincèrement étonnée, stupéfaite presque. Paul, de son côté, s'attendait à tout, sauf à cette question. Et pourquoi donc se serait-il dérangé hier soir si ce n'était pour relater cette rencontre et mener à bien sa mission : remplir le journal ?

« Bien sûr que je vais faire un article sur vous ! »

La vieille dame se pencha légèrement en avant, regarda fixement les lèvres du jeune homme comme si elle voulait scruter le mensonge sortant de sa bouche.

« Ah… C'est que les autres veulent qu'on paye.

– Qui ? », demanda Paul qui ne comprenait décidément rien à cette visite.

Lentement, Magdelaine Chauffard s'adossa à sa chaise. A présent, elle semblait regretter d'être venue. Elle hésita un peu, ouvrit son sac à main, en tira une enveloppe un peu jaunie qu'elle tendit ensuite à Paul.

« C'est pour vous », dit-elle avec un sourire triste.

Sa main tremblait un peu. En prenant la lettre, Paul lui effleura les doigts.

« Pour moi ?

– Oui, pour vous. »

Il se demanda s'il devait la décacheter tout de suite. « C'est une déclaration d'amour… », se dit Paul dont le sourire s'accentua.

L'enveloppe n'était pas collée, il l'ouvrit d'un mouvement du pouce. A l'intérieur, il y avait un billet de 100 francs, tout neuf, bien plié en deux. Une déclaration d'amour vénale ? Mais Paul, soudain, n'avait plus le cœur à se moquer. Non mais qu'est-ce qu'elle croyait, cette vieille bique ? Qu'elle pouvait acheter l'opinion d'un journaliste sur son livre ? Qu'il suffisait d'un malheureux billet de 100 francs pour s'attirer des grâces ? Enfin, pas si malheureux que ça, 100 francs représentaient une journée de travail… Une bouffée de colère empourpra le jeune homme. Déjà, dans sa tête, des mots vengeurs valsaient au bras de phrases assassines. « *Une enfance dans les ajoncs*. Un livre passéiste. Une ode réactionnaire. Une époque, Dieu merci, révolue. Le style ampoulé de Magdelaine Chauffard. N'est pas Henri Queffélec qui veut. Une prose à oublier… »

« Reprenez ça », lâcha-t-il sèchement.

Elle reprit l'enveloppe, mais un immense soulagement apparaissait à présent dans son regard.

« Excusez-moi, je croyais qu'il fallait…

– Qu'il fallait payer ? », la coupa Paul.

Elle hocha lentement la tête.

« L'année dernière, j'ai eu un article chez vos concurrents, pour un recueil de poésie…

– Ils vous ont fait payer, à *l'Écho* ? l'interrompit-il à nouveau.

– Attention, on m'a dit que je donnais ce que je voulais… »

Paul frotta la paume de ses mains sur les jambes de son pantalon. Un terrible sentiment de honte était en train de l'envahir. Ainsi, ces connards de *l'Écho* faisaient payer les vieilles dames pour des recueils de poésie…

« Mais pour *Une enfance dans les ajoncs*, ils n'ont rien voulu entendre, reprit Magdelaine Chauffard. Ils disent qu'ils feront un article quand l'éditeur aura acheté un emplacement publicitaire pour le livre. Ils disent qu'ils ne parlent plus d'aucun livre s'il n'y a pas de publicité payante avant. »

S'il avait fallu faire le distinguo entre information et publicité, rien du domaine culturel ne serait apparu dans le journal. Dans aucun journal, et encore moins à la radio et à la télévision. Exit « Apostrophes », aux oubliettes « Le Masque et la Plume » !

« Eh bien, commença Paul, nous, au journal, nous sommes suffisamment riches. Il marqua une pause. Ce qui nous permet de dire ce qu'on pense des livres qu'on lit.

– Vous allez dire du mal de mon livre ? »

Elle semblait avoir la gorge serrée, soudain.

« Je n'ai pas dit ça, rectifia Paul.

– Oh, vous pouvez. Si ça ne vous plaît pas, dites-le. Je peux comprendre qu'on n'aime pas ce que je fais... »

La vieille dame avait les larmes aux yeux, elle en était presque pathétique. Au lieu d'émouvoir Paul, la honte et la soumission de son interlocutrice le grisaient. Il en ressentait un sentiment de puissance, la conscience de son pouvoir rendue presque palpable. C'est alors qu'il aperçut le Nikon, posé au coin du bureau. Il avait refusé ce cadeau, et pourtant l'appareil photo était bien là, très réel, fraîchement chargé d'une pellicule neuve. La différence, substantielle, était que Jérôme Laval ne lui avait pas laissé la liberté d'accepter ou de refuser le présent. Mais si Magdelaine Chauffard s'était contentée de lui poster son billet de 100 francs, avec un petit mot du genre « pour le dérangement », aurait-il retourné ciel et terre pour trouver son adresse et lui renvoyer l'argent ? Ne se serait-il pas plutôt payé un bon restau à la santé de la vieille dame, sachant qu'ils ne se reverraient sans doute jamais ?

Paul prit la décision de rendre le Nikon à son propriétaire à la première occasion. Le Nikon et... la voiture ? Seigneur ! Heureusement, au contraire de Magdelaine Chauffard, Jérôme Laval n'attendait rien de lui. La photo du camping de la Forêt avait été prise avant même que Paul n'apprenne qu'on l'y attendait. Certes... Mais, aux yeux de Mathias Schmidt et de Jérôme Laval, il était censé avoir pris connaissance des messages qui l'invitaient, le convoquaient même, au camping... Cet appareil photo pouvait donc être considéré comme un cadeau pour service rendu !

Il se leva, Magdelaine Chauffard fit de même. La vieille dame s'excusa encore trois fois et le remercia autant. En passant devant madame Rose, elle s'inclina d'une façon un peu théâtrale et ridicule, puis elle sortit. La secrétaire se tourna vers Paul pour l'interroger du regard, mais le jeune homme avait déjà regagné son bureau.

Tout ce que Magdelaine Chauffard avait réussi à faire, c'était de couper l'élan de Paul, son inspiration. Il bâcla une centaine de lignes sur son livre, oubliant même de parler de cette fidélité au père, de ce sentiment de vieille fille d'appartenir à son géniteur. Pire, alors qu'il s'apprêtait à développer les photos prises à la librairie, il se souvint avoir laissé le Zénit chargé sur une étagère de livres, à Quimper. Tant pis pour Magdelaine dont la bobine ne serait pas dans le journal. Ce n'était décidément pas son jour.

Une demi-heure après la sortie de l'écrivain, Prunier entra dans la rédaction. En plus d'être journaliste à *l'Écho*, Prunier y était une figure. La cinquantaine dynamique, des cheveux noir de jais toujours mouillés et tirés en arrière, un blouson de cuir sur le dos et des jeans aux fesses, il était, chez les concurrents, le pape du fait divers. Un pape sans scrupule qui, une fois, alla chez la mère d'un meurtrier, subtiliser une photo de son fils dans l'album de famille. Bien que le cliché représentât l'assassin en aube de communiant, *l'Écho* le publia quand même et scandalisa le département. Prunier, par contre, ne brillait pas par sa culture générale ; après un repas bien arrosé à l'auberge de Toulfoën, en compagnie de collègues du journal, Robert, travestissant sa voix, avait appelé Prunier. Il s'était fait passer pour le patron de l'établissement, et avait informé le journaliste de *l'Écho* de la présence à l'auberge de trois personnalités du monde des lettres, Verlaine, Rimbaud et Apollinaire. Un quart d'heure plus tard, Prunier débarquait.

Ancien typographe rompu à la lecture des morasses, il savait lire à l'envers. Dès son premier séjour à la rédaction, Robert en avait avisé Paul, le mettant en garde contre les agendas ouverts et les papiers qui traînent. Quand il arrive, on planque tout, telle était la devise en cas d'attaque surprise.

Par un réflexe bien rôdé, Paul fit donc tout disparaître de la surface de son bureau. A la hâte, il griffonna sur un bout de papier ces quelques mots : « Accident route de Melgven, deux morts ».

« Bonjour madame Rose, salut la jeunesse !

– Salut Prunier ! », répondit Paul sur le même ton.

Laissant sur son passage une forte odeur d'eau de Cologne, le journaliste entra dans le second bureau. Comme à son habitude, il ne s'assit pas et se mit à faire les cent pas.

« Elle a sorti un nouveau truc, la poétesse de mes deux ? »

Il prononçait « pouétesse » et, dans ce mépris affiché, il y avait sans doute la crainte que Magdelaine Chauffard eût parlé du petit chantage de l'*Écho*. Peut-être aussi, après sa déconfiture de l'auberge de Toulfoën, existait-il en lui un fort ressentiment contre la gent littéraire en général…

« Ouais, elle vient de publier un bouquin génial », mentit Paul.

Il vit une lueur de doute passer dans le regard de Prunier.

« Elle peut avoir un prix ?

– Qui sait ? Ces machins-là, on peut jamais le dire à l'avance… »

Prunier sortit le bout de sa langue et le passa sur ses lèvres. Il avait la bouche gourmande mais le nez trop petit, trop effilé pour pouvoir apprécier quoi que ce soit, des plaisirs de la gueule à ceux de l'esprit. Prunier vivait avec la crainte du ratage, Paul le savait. Il savait également que son confrère se ferait taper sur les doigts pour avoir aveuglément obéi aux consignes financières au cas, fort improbable, où Magdelaine Chauffard se verrait décerner un prix.

« Je te paie un canon ? proposa le journaliste en balayant le bureau de Paul d'un seul et bref regard.

– On va à *L'annexe*, madame Rose », prévint le jeune homme avant de sortir.

Comme il refermait la porte vitrée derrière eux, Prunier lui posa une main paternelle sur l'épaule.

« Je vais à Melgven, tout à l'heure. Si tu veux, je te ramène des photos de l'accident... »

Le petit piège que Paul avait tendu à Prunier avait marché comme il s'y attendait, mais sa proposition prit le jeune homme de court. A vrai dire, il s'attendait à tout sauf à cette gentillesse.

« Oh, je sais pas trop ce que c'est, bredouilla-t-il. C'est un type qui a téléphoné. Ça m'a tout l'air d'être une blague. »

Prunier le regarda quelques secondes fixement, le temps de se demander si le jeunot s'était moqué de lui ou s'il était vraiment sur un gros coup, on ne sait jamais qui se trouve dans une carcasse de voiture, monsieur-tout-le-monde ou une personnalité. De toute manière, dès son retour à la rédaction, il passerait un coup de fil à la gendarmerie pour en avoir le cœur net.

Ils s'apprêtaient à traverser la rue pour aller s'abreuver à *L'annexe*, un petit bistrot sur le trottoir d'en face, lorsqu'une Renault 5 blanche s'arrêta à leur hauteur.

VIII

Prunier, qui avait jugé bon de rester, en était à son quatrième pastis. Le regard qu'il posait sur Sofiane s'était humidifié et ses éclats de rire retentissaient dans le bistrot où une poignée d'habitués affalés au comptoir disputaient une partie de 421 en l'écoutant d'une oreille discrète. La jeune fille, quant à elle, n'avait quasiment pas ouvert la bouche. Elle buvait des menthes à l'eau et paraissait fatiguée de ses frasques de la veille. Ses yeux aux reflets dorés étaient cernés d'ombres. Le journaliste de *l'Écho* lui avait demandé son âge, elle avait vingt ans. Il avait dégoisé sur ses propres vingt ans, gâchés par la guerre, sur la nécessité de bien profiter de la vie et ses sous-entendus s'étaient faits de plus en plus lourds. Et puis, sans qu'on s'y attende, il s'était levé, avait réglé l'ensemble des consommations avant de sortir, non sans gratifier Paul d'un clin d'œil appuyé que Sofiane n'avait pas pu manquer.

« Un ami à vous ?

– Pas du tout ! s'insurgea Paul. Il travaille à *l'Écho.* C'est nos concurrents.

– Il a l'air sympa. »

C'était étonnant, mais elle semblait sincère.

Paul n'arrivait pas à se détendre, il n'arrivait pas non plus à regarder Sofiane en face plus de quelques secondes. Invariablement, il glissait des yeux à la bouche et de la bouche à ses propres mains, ou à son verre de bière. Depuis que Sofiane était sortie de la Renault, la vision de son sexe s'était imposée à lui avec une netteté si éclatante qu'il maudissait Mathias Schmidt de lui avoir fait découvrir cette partie angélique de la femme qu'on est censé dévoiler en dernier.

Il alluma une gitane en oubliant d'en proposer une à la jeune fille. « Je peux ? », demanda-t-elle en se servant toute seule.

« Je voulais vous dire… commença Paul.

– Oui ?

– Pour la voiture…

– Vous n'en voulez pas ? »

Bien qu'un peu monotone, la voix de Sofiane avait un timbre très agréable.

« C'est plus compliqué que ça, je ne peux pas la prendre. On n'a même pas parlé de prix, avec votre père.

– Ce n'est pas mon père, c'est mon beau-père, rectifia-t-elle. C'est le mari de ma mère, Hélène. Vous l'avez aussi rencontrée, je crois ? »

Paul acquiesça.

« Oui, on s'est vu, hier soir.

– Vous avez parlé de quoi ?

– Avec votre mère ? De rien. J'ai surtout parlé avec Jérôme. Enfin, je veux dire monsieur Laval. »

« Laissez-les. N'y allez pas. Vous valez mieux que ça… Et puis vous êtes si jeune… » étaient les seules paroles qu'Hélène avait prononcées. Paul se demanda ce qu'elles pouvaient bien signifier. Un conseil ? Une menace ? En tout cas, dans la tonalité générale de ces quelques mots, il y avait une mise en garde. « Vous valez mieux que ça… » Mieux que quoi ?

Il y eut un silence, Sofiane en profita pour boire quelques gorgées de menthe à l'eau.

« Je ne comprends pas bien, pour la voiture », dit-elle.

Paul passa lentement la paume de sa main sur la table. Il n'allait quand même pas dire à la jeune fille qu'il ne pourrait jamais la payer, fut-ce à tempérament. Il se voyait même, gros comme une maison, devoir la revendre en septembre… Dans ces conditions, il valait mieux refuser tout de suite, ne pas se voir piégé dans un plan qui, au pire, risquait de le mettre à la rue.

« J'ai rencontré votre beau-père hier soir. Autant dire que je ne le connais pas.

– Il m'a dit que vous aviez sympathisé…

– Oui, bien sûr… C'est quelqu'un de très chaleureux. J'imagine qu'il sympathise facilement avec les gens, mais, bon, cette histoire de voiture, j'avoue qu'il ne m'a pas vraiment laissé le choix… »

Elle se mit à le regarder fixement, comme si elle n'allait plus prendre la parole.

« Il ne vous a pas parlé de prix ? », demanda le garçon.

Sofiane porta la main à sa bouche et toussota. Paul remarqua qu'elle portait une lourde gourmette en or gravée à son nom et ce détail lui refit penser à Mathias Schmidt.

« Il vous la donne. »

Au fond, c'était le pire qui pouvait arriver, ce qu'il espérait le plus et qu'il redoutait autant. Un cadeau. Un cadeau de plusieurs millions de centimes.

Il posa ses mains bien à plat sur la table et respira profondément.

« Je ne peux pas accepter. »

Le cou de la jeune fille sembla s'allonger. Elle tourna légèrement la tête et le regarda en biais.

« Vous êtes con, ou quoi ?
– Oui, je suis con. Voilà, je suis con.
– C'est dommage, dit-elle tout bas.
– Qu'est-ce qui est dommage ?
– Vous n'aviez pas l'air d'être un con. »

Paul secoua lentement la tête.

« Rien ne justifie ce cadeau. » Il sourit, soudain, en pensant aux 100 francs de Magdelaine Chauffard. « Je n'ai rien fait pour mériter cette voiture, ajouta-t-il. Si je monte dedans, j'aurais l'impression de l'avoir volée.

– Elle est assurée pour un an. A votre nom. Paul Bihan, c'est ça ? Les papiers ne sont pas encore faits, mais je l'ai entendu téléphoner à la compagnie, ce matin. Vous allez les recevoir d'un jour à l'autre.

– Attendez… commença Paul. Ne me dites pas que le plein est fait, aussi ? »

Elle éclata de rire.

« Bien sûr que le plein est fait ! »

Malgré cette boutade, un vertige saisissait le jeune homme.

« Ça lui arrive souvent de faire des cadeaux pareils ?
– Souvent, non, mais ça lui arrive. La preuve. »

Paul se sentit tout à coup à la fois heureux et piégé. Heureux d'être piégé ? Il se dit qu'il était bien dommage que cette histoire ne puisse être racontée dans le journal. Pour une fois qu'il se passait quelque chose d'exceptionnel dans le canton, il fallait qu'il en soit partie prenante…

« Si je refuse, qu'est-ce qui se passera ?
– Rien.
– Et si j'accepte ?
– Rien. Qu'est-ce que vous voulez qu'il se passe ? »

Il n'avait pas trop envie de parler du journal, de déontologie de la presse avec Sofiane. Pas envie de lui confier ses craintes d'avoir un jour à payer le prix de la Renault. Pas envie d'avoir à assurer la promotion des produits de la société « Grand Air » jusqu'à la saint Glinglin, d'être « convoqué » à tout bout de champ.

« Votre beau-père vous a parlé de moi ?

– Non. Il m'a juste demandé de prendre la voiture. »

Le regard de Sofiane se fit plus dur, soudain. Elle écrasa sa cigarette dans le cendrier et se leva.

« Bon, dit-elle plus fort, vous la prenez ou pas, cette chiotte ? »

Paul se tourna vers la vitrine. Au-delà du reflet de Sofiane, il vit la Renault blanche garée de l'autre côté de la rue et prit sa décision. Tant pis. Qui le saurait ? Ceux à qui il raconterait cette histoire, c'est-à-dire personne. En outre, qui lui saurait gré d'avoir refusé un tel cadeau ? Personne non plus. De toute manière, il n'était même pas journaliste professionnel. Ce détail se ficha soudain en lui comme une épine pénètre dans le pouce. Jérôme Laval le prenait sans doute pour un pro. Il ne se souvenait pas lui avoir dit n'être qu'auxiliaire. Si le patron l'avait su, aurait-il agi de même ? C'était peut-être, justement, la raison du cadeau... Cette faiblesse, étrangement, mettait Paul en position de force. On achète un rédacteur en chef, mais pas le dernier des bouche-trous.

Il se tourna vers la jeune fille. S'il refusait la voiture, c'est sûr, il ne reverrait jamais Sofiane.

« Je la prends », dit le garçon en se levant à son tour.

Elle lui tendit la main, il la serra. Comme elle souriait, la bouche légèrement entrouverte, la langue un peu en coin, Paul sut qu'il venait de tomber amoureux.

« Vous me ramenez au manoir ? demanda Sofiane. Il faut que je récupère mon camping-car. »

Paul dit qu'il devait passer d'abord à la rédaction. Elle le suivit, les mains dans les poches de son jean.

A l'intérieur, elle s'assit négligemment sur un coin de bureau, une jambe à terre, une jambe pendante. Madame Rose la salua, mais elle ne répondit pas. Elle jetait autour d'elle un regard vague. Son expression, soudain, reflétait le parfait ennui.

« Je n'ai pas eu de coup de fil, madame Rose ? demanda Paul.

– Non, mais monsieur Robert vous a laissé un mot sur son bureau. Je crois qu'il est rentré chez lui, sa femme ne se sent pas bien. »

Paul prit la feuille crayonnée d'une écriture minuscule que Robert avait laissée à son intention. Puis il regarda sa montre. Lorsqu'il leva les yeux, Sofiane avait quitté la rédaction et l'attendait sur le trottoir.

Il sortit à son tour. Il avait l'air contrarié.

« Je suis désolé. Je dois me farcir un déjeuner avec les organisateurs d'un critérium cycliste. Faut que j'y aille tout de suite. »

La jeune fille retira lentement les mains de ses poches.

« Un quoi ?

– Un critérium, une course de vélo. »

Elle fit un pas en avant, vers lui, narines pincées.

« Non mais, attends, là... Je viens t'offrir une voiture et t'es pas fichu de me ramener ? C'est ça ? »

Le tutoiement n'était pas amical du tout et Paul se glaça. Cette réunion, à laquelle il était prévu de longue date que Robert assiste, était très importante. Il bredouilla que ça l'était, proposa même que Sofiane l'y accompagne. Le nez en l'air, son front bien dégagé, elle se colla presque contre lui.

« T'es vraiment un nase », lâcha-t-elle.

Puis elle tourna brusquement les talons et s'éloigna d'un pas vif vers la ville basse.

« Sofiane ! », cria-t-il.

A la voir ainsi foutre le camp, cheveux au vent et coléreuse, Paul eut une impression de déjà-vu et pensa à Jérôme Laval. Qu'allait penser le patron de son attitude quand Sofiane lui raconterait ?

Un instant, il voulut la rattraper. Mais il se dit que ça ne ferait qu'aggraver les choses. Après tout, il n'était pas responsable de ce qui arrivait. Il ne pouvait tout de même pas se rendre coupable d'un abandon de poste. « Un collaborateur breton, tu peux le réveiller à minuit, l'envoyer au charbon à l'étranger, le faire bosser soixante heures par semaine, il se plaindra pas. Pour lui, la société qui l'emploie est quasi sacrée, entre le Bon Dieu et l'État. Ça vient peut-être de la misère du vieux temps, non ? La peur de manquer… » Paul, soudain, se vit l'illustration parfaite des propos de Jérôme Laval, que, sur le coup, il avait jugés méprisants.

Sofiane tourna à gauche et disparut à sa vue.

Il venait de passer une heure avec la jeune fille et, pourtant, il ne savait toujours rien d'elle. Cet imbécile de Prunier avait mobilisé la conversation les trois quarts du temps puis ils avaient parlé de la voiture. Pas une seconde, il n'avait eu l'idée de faire parler la jeune fille, de lui faire raconter qui elle était. Cette constatation l'abattit un peu plus.

La portière de la Renault 5 était ouverte et la clé de contact dans le Neimann.

Par une coïncidence, Sofiane s'était garée juste derrière sa pauvre 4 L pourrie et le contraste entre les deux voitures était saisissant.

Paul s'assit au volant et respira profondément l'odeur de neuf. Sa main droite se posa sur le levier de vitesse, au plancher, tellement plus agréable que le levier de la 4 L au tableau de bord. Les sièges étaient recouverts d'un tissu écossais à dominante rouge, impeccable. Les garnitures, les plastiques, tout était nickel, selon l'expression de Jérôme Laval. « J'ai un parc de Renault 5 nickel-chrome pour les clients de mes hôtels... », avait dit le patron.

Paul se dit que la Renault n'avait pas dû beaucoup rouler. Il regarda le compteur kilométrique. 000035... Il se pencha brusquement, suivit les chiffres avec le doigt. Cette voiture n'avait parcouru que 35 kilomètres ! Autant dire la distance qui sépare le concessionnaire de, mettons, Lorient, à la ville haute de Quimperlé...

Un homme qu'il ne connaissait pas avant-hier et qu'il n'était pas censé revoir, venait de lui offrir une voiture neuve.

IX

La grosse pendule de chez Nicolas, horloger à Plonéour-Lanvern au début du siècle, sonnait deux fois les heures et un coup pour les demies. A midi comme à minuit, elle sonnait donc deux fois douze coups, à deux minutes d'intervalle. C'était une pendule ouvragée, faite dans un bois qui paraissait être du châtaignier, orné de pastilles de verre coloré. Deux trous perçaient le cadran, on y introduisait quotidiennement la clé pour remonter les mécanismes, et de ce geste répété naissait une harmonie. Paul ne se souvenait pas que la pendule se fût jamais arrêtée. Et bien qu'elle perdît une bonne vingtaine de minutes par jour, on ne l'avait jamais nettoyée. Pour atténuer les effets de cette paresse, et après consultation de l'heure exacte à la radio, on avançait les aiguilles de dix minutes chaque matin. Il fallait donc savoir que l'instrument ne donnerait la bonne heure qu'en début d'après-midi et qu'il retarderait de cinq minutes le soir. C'était, en somme, l'heure subjective de la maison, presque un secret de famille, et ce découpage, en apparence anarchique, du temps, manquait à Paul depuis qu'il avait quitté la ferme de ses parents.

La pendule tapa la demie de quatre heures.

« C'est pas honnête », dit la mère de Paul en essuyant mécaniquement ses mains aux pans de sa blouse Vichy.

Yvonne était une forte femme de cinquante ans, comme la terre les fabrique, taillée pour durer le siècle. Elle pouvait comprendre beaucoup de choses, même les plus saugrenues, mais de voir la voiture neuve, là, sous le hangar à fourrage, lui remuait le sang.

« Qu'est-ce qu'il veut donc, cet homme ? »

En ouvrant le vide-poches, après le déjeuner du critérium, Paul y avait découvert la carte de Jérôme Laval avec ces quelques mots : « Si tu as besoin de quelque chose, n'hésite pas ». Suivaient deux numéros de téléphone. C'était il y a trois jours et Paul n'avait pas appelé, pas même pour remercier. A plusieurs reprises, il avait voulu le faire, il avait même composé les premiers chiffres du premier numéro, mais sa main, son bras, son être entier n'avaient pu aller au bout de cet acte simple.

« Il ne veut rien, répondit Paul. Tu préférais que je continue de rouler dans ma poubelle ? Il m'a dit que j'allais avoir un accident. »

Yvonne s'assit en face de son fils. Elle voyait bien que Paul était préoccupé, mais elle ne pouvait s'en empêcher, il fallait toujours qu'elle le mette en garde, contre tout et n'importe quoi.

« Fallait nous demander. On aurait fait un prêt à la banque. »

Paul haussa les épaules.

« Vous avez bien assez à payer comme ça.

– Tu l'aurais encore gagnée à une loterie, cette voiture ! »

La mère de Paul commençait à s'échauffer et le garçon savait qu'elle n'était qu'au début d'une longue cogitation, d'un énervement croissant qui l'empêcherait de dormir cette nuit et peut-être les suivantes. Il y a quelques années, il l'avait vue perdre le sommeil une semaine entière pour une histoire de frigo neuf livré avec une rayure sur le côté.

« Aux loteries, ça arrive qu'ils donnent des voitures ! reprit-elle. Là, au moins, on sait d'où ça vient ! Et on connaît le prix à payer, il suffit juste de poser sur la photo. Mais toi, accepter un cadeau pareil, non, pour de vrai... En cinquante ans, je n'ai jamais vu faire des choses pareilles !

– Écoute, Maman...

– Non, non, non. Tu vas la rendre à ce monsieur et ton père et moi on fera un prêt à la banque. C'est plus raisonnable. Sinon, je vais tomber malade... »

Elle en était bien capable et Paul se dit qu'elle avait probablement raison. Il avait eu trois jours pour réfléchir et, sans trop se l'avouer, il arrivait à la même conclusion : il devait rendre la Renault. A moins...

A moins qu'il n'invente un joli bobard afin de faire disparaître l'objet du « délit » aux yeux de tous. Par exemple, il pourrait vendre la voiture, laisser croire à Jérôme Laval qu'on la lui avait volée, et à sa mère qu'il l'avait rendue. Il y avait bien peu de chance que sa mère et le patron se rencontrent un jour...

« Ce qui m'intrigue, quand même, continua Yvonne, c'est ce monsieur. Je me demande bien ce qu'il a derrière la tête. Tu m'as dit qu'il était dans quoi ?

– Le tourisme.

– Peut-être bien qu'il veut t'embaucher, qui sait. Peut-être bien que tu lui as plu et qu'il a un poste pour toi dont il n'a pas encore parlé ? Ça serait toujours mieux que de rester au journal qui te fait travailler toutes les vacances et tous les dimanches et qui te laisse le bec dans l'eau le reste du temps !

– Mon travail me plaît, Maman... »

Elle hocha plusieurs fois la tête avec vigueur et ses rondeurs s'animèrent de vagues lentes.

« Oui, maintenant ! Mais c'est pas avec ce que tu gagnes que tu pourras fonder une famille ! Tu vas quand même pas rester végéter jusque tes trente ans. Parce qu'après, hein, tu peux croire ton père, c'est fini. On ne veut plus de toi nulle part... Trente ans, c'est la date limite.

– Je serai embauché au journal d'ici là...

– C'est ce qu'ils te font croire, c'est le miroir aux alouettes ! De nos jours, on n'embauche que ceux qui ont des diplômes... Ah ! si tu n'avais pas arrêté tes études, non plus...

– Je sais tout ça aussi bien que toi. »

Comme il savait que sa mère, au fond, était fière de lire la signature de son fils dans le journal. Abonnés depuis toujours à *l'Écho*, d'un plus grand confort de lecture, selon eux, ils avaient tourné casaque trois ans auparavant, lorsque Paul était entré chez le concurrent. Sa mère était fière, oui, mais pas folle. Et ses réflexions, Paul se les faisait aussi de temps en temps, quand le bourdon le prenait.

« Tu as peut-être raison... Peut-être qu'il veut m'embaucher... »

Il n'avait jamais pensé à ça et il n'y croyait pas une seconde, mais il ne coûtait rien d'entretenir cet espoir chez sa mère. Ce délai, en tout cas, lui permettrait de garder la voiture sans avoir sa génitrice sur le dos à chaque fois qu'il lui rendrait visite.

« S'il te le proposait, tu accepterais ? », demanda-t-elle d'un ton soupçonneux.

Tous les ans, depuis qu'il avait arrêté la fac de droit, elle lui parlait du concours des Postes. A ces occasions, qu'elle ponctuait invariablement d'un « travailler sous le gouvernement, y a pas mieux », Paul se mettait en colère. Alors, Yvonne rentrait la tête dans les épaules et vaquait à ses occupations en faisant semblant de ne plus entendre son fils.

« Faudrait voir... répondit-il. Ça dépend du boulot.

– Si c'était dans la publicité, ça ne te changerait pas trop.

– Je fais du journalisme, pas de la publicité.

– Tout ça, c'est des écritures, trancha sa mère en se levant. Tiens, je t'ai fait un cake, pour la semaine... tu viendras manger avec nous, un de ces jours ?

– En ce moment, j'ai pas beaucoup le temps. »

Enveloppé dans du papier alu, le gâteau était posé sur le buffet de la cuisine. En morte saison, les cakes de sa mère lui faisaient trois repas, ce qu'elle ignorait, bien sûr.

« Où est Papa ? demanda Paul.

– Il doit être au champ de la Fourche. »

L'heure était venue de partir. Comme à l'accoutumée, il regarda autour de lui. Il aimait bien remarquer tout seul les changements dans la maison, une cafetière électrique neuve, une nouvelle nappe. Cette inspection lui donnait le sentiment d'être encore un peu chez lui, ici. Il vit le long ruban tue-mouches, avec sa cargaison de petits cadavres noirs, qui pendait au-dessus de l'évier et le pointa du doigt.

« Tu devrais utiliser des plaquettes, dit-il.

– Boh ! Ces trucs chimiques, on se demande si ça fait pas plus de mal aux humains qu'aux bestioles... Ah oui ! s'exclama-t-elle soudain. J'oubliai de te dire, Martine a appelé. »

Paul avait eu le malheur d'inviter Martine à déjeuner une fois chez ses parents et, depuis ce jour, elle y était un peu considérée comme sa promise. C'était la seule fille à être jamais venue à la maison, mais elle avait rassuré sa mère : son fils n'était pas pédé.

« Qu'est-ce qu'elle voulait ?

– Rien. Elle a dit que ce n'était pas grave, que ça ne pressait pas.

– Bon. Je vais aller voir Papa », dit Paul.

Il embrassa sa mère et sortit.

L'été, les cours de ferme sont des arènes d'odeurs. Odeur chaude des vaches, aigre du lait, piquante de la basse-cour, capiteuse des fleurs. Et quand la brise s'en vient d'avoir caressé les blés, on y devine déjà l'odeur du pain. L'hiver, les fermes sentent le métal et le fumier.

Comme annoncé par Yvonne, il trouva son père occupé à réparer une clôture dans le champ de la Fourche, ainsi nommé parce qu'un bosquet le séparait en deux dans sa partie basse. Paul n'avait jamais aidé son père aux travaux de la ferme, sans doute parce que celui-ci avait renoncé très tôt à lui demander quoi que ce soit. Yvonne ayant décrété que seules les études comptaient, Jean, le père, en avait pris son parti. De fait, Paul n'avait redoublé aucune classe et avait même obtenu son baccalauréat avec mention. Ce n'était pas tant ce coup de main jamais donné que le père regrettait mais plutôt, au fond, de n'avoir jamais été seul avec son fils. Quand on bricole ensemble, on se parle, de choses sans intérêt, le plus souvent, mais on se parle. Et dans le flot des mots vides émergent parfois un sentiment, une idée, une force qui confortent les liens du sang. Jean ne comprenait pas grand-chose à la vie que menait Paul, mais leur relation, sans fondation, l'empêchait de l'interroger. Seulement, il y avait cette impression, depuis deux ans, que son fils n'allait pas bien. Ou plutôt qu'il n'allait pas droit. Quelquefois, en écoutant Yvonne s'inquiéter, il sentait confusément qu'elle ne se posait pas les bonnes questions, qu'elle mélangeait tous les problèmes. Paul était dans une situation précaire, et ça il le savait avec certitude. Or, chaque année qui passait aggravait cette précarité. Dans toute situation précaire, ce n'est pas la situation en elle-même qui représente le plus grave danger. C'est ce qui « peut » se produire. Pour tous, la vie est faite de mille dangers, pour certains elle réserve mille et un périls. Et c'est bien de ce péril supplémentaire, de cette menace sans nom que Jean avait peur pour son fils.

« Ça va ?
– Ouais, impeccable.
– Alors, c'est bien… Et le boulot ?
– Ça marche. Tu refais la clôture ?
– Ben oui. Faut bien. »

Le marteau du père passa de sa main gauche à sa main droite. A ce geste, le tissu de son bleu répondit par un chuchotement. Puis, il glissa les doigts ouverts de sa main gauche dans son épaisse tignasse blanche.

« Bon, je vais te laisser travailler », dit Paul.

Les coups de marteau reprirent seulement quand le fils eut disparu aux yeux du père.

X

« Je te connais, Paul, tu as le feu sacré... tu ne resterais pas un an. Je lis tes papiers tu sais, ils sont épatants... Mais tu es quand même un peu jeune, tu n'es pas marié, enfin, tu connais la politique sociale de la maison, hein ? A Rennes, ils préfèrent les gars mariés, ça les rassure. Ils se disent qu'avec des bouches à nourrir, un journaliste est moins tenté de faire le con. C'est même pour ça qu'ils ont commencé à embaucher des filles. On les tient mieux, les filles. Elles savent s'écraser quand on leur demande. Et pour ce qui est de faire du magazine, de raconter la vie des gens, de savoir comment ils pètent et comment ils se torchent, elles se débrouillent pas trop mal. »

Paul avait du mal à comprendre. Le directeur départemental, celui-là même qui l'avait engagé comme auxiliaire trois ans plus tôt, venait de lui signifier le refus de la direction à sa demande d'embauche, et, sur ce point, il n'y avait pas de doute possible : c'était non. Par contre, Paul n'arrivait pas à saisir les motifs de cette décision. Qu'on lui reproche son âge et sa situation familiale n'avait pas de sens. Comme aurait dit sa mère, on ne met pas la charrue avant les bœufs, avant de se marier il faut avoir du travail. Qu'on l'accuse dans le même temps d'avoir trop de talent relevait, là, de la plus cruelle ironie. Boude-t-on le meilleur charcutier de la ville sous le prétexte que son saucisson est trop bon ? Enfin, le directeur départemental avait parlé des filles, apparemment préférées à l'embauche. « On les tient mieux », avait-il dit. Ceci laissait supposer que sa prose était sous surveillance, que son caractère, ses opinions n'étaient pas jugés fiables.

« C'est un refus définitif ? demanda Paul.

– Bien sûr que non. Tu sais que j'ai appuyé ta demande. »

Paul en doutait mais ne le fit pas voir. Il avait toujours respecté Lionel Signor, le directeur départemental. C'était un ancien grand reporter qui avait couvert aussi bien le Vietnam que plusieurs Jeux Olympiques. De carrure imposante, toujours souriant, il attirait naturellement la sympathie. Aujourd'hui, pourtant, Paul ne savait plus s'il pouvait lui faire confiance. Était-il son allié ou un simple rouage administratif d'un système fonctionnant à sens unique, de haut en bas ?

– Laisse passer un peu de temps, six mois, un an, reprit Lionel.

« C'est ce qu'ils te font croire, c'est le miroir aux alouettes ! »

Paul traversa la place René-Madec et se dirigea vers les quais. C'était un après-midi tiède, sans plus ; la grosse chaleur était passée. Les reflets du ciel, bleu pâle, comme tari de soleil, se mêlaient dans l'onde molle de la rivière aux ombres des platanes. Tels des algues grises, quelques mulets y ondulaient, le bec au fil du courant. Paul s'arrêta pour les regarder. Étaient-ce leur souplesse, leurs mouvements qui n'en étaient pas, si harmonieux pourtant, qui le firent penser à Sofiane ? Elle avait une manière si étrange de marcher, de déplacer une main, de pencher une épaule, des gestes qui semblaient provoqués par les oscillations de l'air. Paul ne pensait plus à

Sofiane avec amour, mais avec nostalgie. Il n'était même plus certain d'avoir été amoureux d'elle. C'était plutôt un rêve, un instant dévoilé, le parfum d'une apparition, l'avant-goût d'une sensation. Cette fille était bien trop belle pour lui. Lui qui n'était rien. Lui qui n'avait rien. Fils de paysans pauvres, il ne serait jamais journaliste. Il ne serait pas paysan non plus. Il ne serait rien.

Le jeune homme reprit sa marche. Il passa devant sa voiture, garée près du café de l'Épée et ne lui jeta qu'un bref coup d'œil. Une contravention ornait son pare-brise. Il ne la prit pas, il ne payait jamais ses contraventions.

Il passa le long des jardins de l'Evêché, traversa l'Odet, longea le théâtre puis prit à droite. Il était dix-sept heures, Martine et lui avaient rendez-vous au *Festival* à dix-sept heures trente.

Ainsi nommé en hommage au Festival de Cannes où le patron avait jadis conduit des limousines, *Le Festival* n'était pourtant pas un bar branché de lycéens férus de cinéma. Situé près de la gare de Quimper, il accueillait plutôt une clientèle prolétaire, employés de la SNCF, de la Sernam et du centre de tri de la Poste. Paul y comptait quelques copains et, après des journées à fréquenter le notable, appréciait de les retrouver. L'endroit n'était ni beau ni moche. Des murs tapissés d'une espèce de velours marron, des banquettes noires, des luminaires de quarante watts, tentaient de créer une vague ambiance de bar de nuit.

Martine, qui arriva à dix-sept heures trente précises, trouva Paul assis dans le coin le plus sombre, au fond de la salle. Il était seul et, d'emblée, elle le jugea de mauvaise humeur.

Elle s'assit en face de lui, posa son sac à main informe sur une chaise voisine et commanda un jus de pamplemousse.

« Tu devineras jamais... commença-t-elle.

– J'aime pas que tu téléphones chez mes parents. Je te l'ai déjà dit.

– Attends au moins que je t'explique, non ? »

Paul lampa une gorgée de sa bière et se tut.

« Bon… Tu te souviens de l'enclave d'Argol ?

– Ben oui ! J'ai même fait un papier sur ce coin il y a deux ans.

– Au fait, tu avais toujours promis de m'y emmener et tu l'as jamais fait…

– Il se passe quoi à l'enclave d'Argol ? », coupa Paul.

Christian, le patron, vint poser le jus de pamplemousse devant Martine. Elle attendit qu'il s'éloigne puis se pencha un peu vers le garçon.

« Tu m'as bien dit que c'était un coin de paradis ?

– Tu ne gardes pas mes articles ? »

Surprise, Martine secoua la tête.

« Laisse, je blague », sourit Paul.

Nichée au cœur d'un extraordinaire microclimat, dans la presqu'île de Crozon, l'enclave d'Argol était, vraiment, un coin de paradis. Des hectares en bord de mer qu'aucun agriculteur ne travaillait. La terre n'y était pas bonne, certes, mais, surtout, le lieu était trop éloigné des fermes et la route qui y menait ne valait rien. Parce qu'elle était néanmoins classée terre agricole, la zone était inconstructible. Ce double handicap, l'infertilité et l'incapacité de vendre la moindre parcelle, désolait les quelques paysans propriétaires de l'enclave. Joseph Le Gall, leur représentant, s'en était ouvert à Paul, qui s'était bien gardé, dans son article, de faire état de ses doléances. Au contraire, il avait vanté la magie, la poésie du lieu, son caractère difficilement accessible, son originalité administrative aussi. Au lieu d'appartenir à la commune la plus proche, l'enclave était propriété de la commune d'Argol, pourtant éloignée d'une bonne dizaine de kilomètres.

« Ton coin de paradis, c'est fini ! »

Elle avait presque hurlé, crié au moins. Occupé à torcher des verres, Christian se retourna.

« Fini ? Qu'est-ce que ça veut dire, "fini"... demanda Paul.

– Y a un salopard de promoteur qui a mis le nez dedans. »

Martine avait chuchoté ces derniers mots, mais la colère l'empourprait. Ses taches de rousseur en étaient cruellement dessinées.

« C'est le prof qui l'a appris, continua-t-elle, toujours sur le ton de la confidence. On parle d'un village de vacances. Une cinquantaine de bicoques les pieds dans l'eau.

– C'est impossible... Ce sont des terrains inconstructibles. Et puis, on peut tout juste y accéder.

– La route va être élargie et on parle même de construire un héliport privé. »

Il y eut un silence. Paul sentait l'excitation grandir en lui. La perspective d'un scoop du même calibre que la révélation du plan Orsec-Rad le remettait en selle pour une nouvelle demande d'embauche. Après ça, on ne pourrait plus lui servir des histoires de journalistes mariés, de filles qui s'écrasent et tout le toutim. Il n'y aurait plus de fausses excuses, le journal serait mis face à ses responsabilités.

Bien sûr, Paul s'attristait de savoir l'enclave menacée. Mais il connaissait aussi la puissance de la presse et de ses choix, comme il savait pouvoir compter sur le soutien sans faille du « Rayon Vert », l'association écologiste de Charles Duigou, dit « le prof ». Le naufrage de l'*Amoco Cadiz*, le projet de centrale nucléaire à Plogoff, et maintenant ce village de vacances bombardé dans un site à la beauté virginale créaient un ensemble d'agressions, réelles ou redoutées, dont il allait être aisé de tirer parti auprès de la population.

« Et si... », commença Martine avant de s'interrompre.

Elle soupira puis se lança. « Et si c'était ton article qui avait attiré l'attention des promoteurs sur l'enclave d'Argol ? »

Paul eut un geste qui signifiait qu'il n'y pouvait rien.

« Quand tu aimes un disque, qu'est-ce que tu fais ? Tu le fais écouter aux autres.

– Tu le fais écouter aux gens que tu aimes, oui, là je suis d'accord. Mais tu ne connais pas tous les gens qui lisent tes papiers.

– Encore heureux, rigola Paul.

– Moi, je crois qu'il y a un connard de bétonneur qui t'a lu. Et toi, tu n'as même pas été fichu de m'y emmener, à l'enclave. Tu vois ? Ton raisonnement ne tient pas debout. »

Paul haussa les épaules. Il était trop tard pour entrer dans ce genre de discussion pseudo-philosophique sur le rôle et la responsabilité du journaliste.

« Tu as d'autres informations, sur ce projet de village ?

– Je connais le nom de la société, oui. »

Paul sifflota.

« Tu es une vraie perle… Alors, ils s'appellent comment, les méchants ?

– La société "Grand Air". »

XI

De jour, le manoir paraissait plus petit et plus austère. Sans doute parce que la mer, en contrebas, envahissait l'espace. Sous cette perspective, l'océan semblait bombé ; sous cette lumière, dans l'air lavé de toute poussière par une récente averse, la courbure de l'horizon était si nette, si propre, qu'on aurait pu croire son existence possible.

Paul avait encore attendu deux jours avant de se décider à revenir ici. En fait, il avait peur, une peur physique de revoir Jérôme Laval. Mais il avait aussi l'envie, une envie très physique de retrouver Sofiane. Lundi, quand Martine lui avait parlé du projet immobilier de l'enclave d'Argol, Paul s'était senti pousser des ailes, il tenait un papier d'enfer. Dans tous les journaux, la règle veut qu'une affaire soit suivie par celui qui la découvre. Il en va de la sécurité de certains informateurs, des liens quelquefois affectifs qui l'unissent au journaliste, mais aussi et surtout de la cohérence de l'ensemble des révélations distillées au fil du temps. Cette assurance allait lui valoir un nombre important de journées de travail supplémentaires… pourtant quand la jeune fille lui avait appris le nom de la société promotrice, « Grand Air », la société de Jérôme Laval, Paul avait eu la sensation de retomber sur terre.

Comme il descendait de voiture, une bourrasque de vent se prit dans ses cheveux et s'engouffra dans les manches de sa saharienne. Il resta pourtant là une bonne minute, immobile, à se demander encore s'il n'était pas temps de rebrousser chemin.

Mais la porte s'ouvrit et Jérôme Laval apparut. Il portait un pantalon de velours marron à grosses cotes, un pull léger, et pourtant cette tenue décontractée ne lui enlevait rien de sa superbe.

« Pourquoi tu restes planté là ? Rentre ! »

Paul se composa un sourire et le suivit à l'intérieur.

Ils passèrent devant un petit salon transformé en secrétariat. Un homme à la calvitie avancée s'y trouvait, mais il leur tournait le dos. Comme Paul marquait le pas, Jérôme Laval se retourna. « C'est Max, mon secrétaire. J'ai pas beaucoup de temps, viens. » L'homme continua son travail comme s'il n'avait rien entendu.

Le patron avait aménagé le grand salon en bureau personnel. Le mobilier y était moderne, la pièce était claire, on s'y sentait bien. Au mur, il y avait un poster de Sofiane. Sur la photo, la jeune fille avait quinze ou seize ans, et derrière elle, on devinait le Mont-Blanc.

Jérôme Laval s'assit, Paul l'imita.

« J'ai lu ton article sur le camping. C'est bien. Tu iras loin. »

Un instant, Paul se demanda si le patron se fichait de lui. Comment ce genre d'article pouvait-il faire deviner une carrière ? Parce qu'il ne contenait pas de fautes d'orthographe ?

« Je suis venu vous voir, parce que…

– Ah ! oui, s'exclama soudain le patron. Sofiane m'a dit, pour la voiture. Tu n'en voulais pas, c'est ça ? Tu avais des scrupules ?

– Non, enfin je veux dire si. Mais ce n'est pas pour ça que je suis venu…

– Écoute, le recoupa Jérôme Laval. Si tu veux, pour ta conscience, hein, parce que c'est de ça dont tu parles ? Si tu veux, on peut faire un papier. Un truc du genre à dire que tu paieras ta caisse quand tu pourras. Ça te va ? Moi, je m'en fous, tu sais. La bagnole, je voulais la piquer au parc du *Biarritz hôtel*. Mais c'était pas possible avant le mois de septembre. C'est con, c'est la pleine saison, j'y avais même pas pensé. Alors je me suis dit que le plus simple, avant de t'envoyer des chocolats à l'hôpital… Au fait, tu as bien envoyé ta poubelle à la casse ? »

Paul hocha vigoureusement la tête.

« Oui, oui. C'est fait.

– Le plus simple, c'était d'appeler le concessionnaire le plus proche. Par contre, j'ai pas eu le choix de la couleur. Ça te plaît, le blanc ?

– C'est bien, oui.

– Pour la sécurité, y a pas mieux. Je comprends pas les mecs qui roulent dans des bagnoles noires. Les bagnoles noires, c'est bon avec deux motards devant. Et nous, on n'est pas ministres. Peut-être qu'un jour, hein ? » Jérôme Laval éclata d'un rire bref avant d'enchaîner. « Oui, donc, quand Sofiane m'a dit qu'elle avait été obligée de te la laisser pratiquement de force, j'ai préparé un petit papier. Je comptais te l'envoyer à la rédaction, mais puisque t'es là… »

Le patron souleva une pile de dossiers pour dégager une feuille volante qu'il lut à haute voix avant de la tendre à Paul.

« “Je soussigné Paul Bihan, domicilié 27 rue Jules-Noël à Quimper, accuse réception d'une Renault 5 neuve immatriculée 75567 WX 29. La société “Grand Air” m'offre la vignette et l'assurance et me fait l'avance du prix d'achat du véhicule, soit la somme de 37 950 Francs que je rembourserai lorsqu'il me sera possible." Tu vois ? C'est pas bien compliqué. Tu dates et tu signes. Et hop ! Si tu peux, tu payes, si tu peux pas, tu payes pas. Et même si un jour tu peux, je vais te dire, prends plutôt un billet pour la Martinique à ma santé. Parce que ce fric, moi, j'en ai rien à foutre. »

Paul prit un stylo feutre qui traînait sur le bureau, data et signa.

« Tu te sens mieux, maintenant ? »

Derrière le patron, sur le mur d'en face, Sofiane lui souriait.

« Ça va, répondit Paul. Et pour le Nikon ? »

Soudain, le visage du patron se durcit. Le regard qu'il posait sur le jeune homme, pourtant, restait extrêmement chaleureux.

« Tu vas pas me faire le même coup pour le Nikon ? »

Paul se sentit un peu bête, soudain. Bête comme le fils du métayer reçu à goûter au château.

« Excusez-moi, je plaisantais, se rattrapa-t-il.

– Ton article était parfait, mais la photo n'était pas terrible. Au moins, l'année prochaine, tout sera nickel… »

Ainsi, Jérôme Laval s'attendait-il à bénéficier d'un article annuel sur le camping de la Forêt… Le simple fait d'y aller une fois représentait une faveur, deux fois une facilité, trois une mauvaise habitude. Mais la quatrième ? Quel nom porterait la quatrième fois ? Le jeune homme ayant perdu pied, cette éventualité remit en selle le journaliste qu'il était.

Puisqu'il n'en parlait pas de lui-même, l'heure était venue de sonder Jérôme Laval sur ses projets.

« A part le camping, vous avez des projets dans la région ? demanda-t-il d'une voix qu'il avait réussi à dépouiller de toute intonation.

– Le camping n'est plus un projet, c'est une réalité. Autrement, oui, j'en ai quelques-uns, pourquoi, ça t'intéresse ? »

Scotchée sur un grand classeur métallique, Paul venait d'apercevoir une carte de Bretagne. Divers points de la côte y étaient cerclés de rouge, comme autant de cibles où le fer de Jérôme Laval ne demandait qu'à s'abattre. Parmi eux figurait l'enclave d'Argol. Ainsi, preuve était faite que Martine avait bien tapé dans le mille.

Paul décida d'y aller franchement.

« J'ai eu des échos, pour l'enclave d'Argol.

– Déjà ? Putain ! Vous n'êtes pas manchots, dans ton journal... »

Le téléphone sonna, le patron décrocha. « Excusez-moi, je suis en rendez-vous. Je vous rappelle tout à l'heure », dit-il à son interlocuteur.

Paul nota ce « rendez-vous » qui n'en était pas un. Ainsi, Jérôme Laval accordait-il une certaine importance à leur entretien...

« Tu connais l'enclave d'Argol ? demanda-t-il en raccrochant.

– J'ai fait un article sur ce coin il y a deux ans, quand je travaillais à la rédaction de Châteaulin. Vous ne l'avez pas lu ? »

Le patron secoua la tête, il semblait sincère.

« Ma foi non. Tu pourras me le montrer ?

– Je disais que c'était une parcelle de paradis. Un endroit de rêve, loin du bruit, loin des touristes...

– Ah ! ça... dit Jérôme Laval en posant ses mains bien à plat sur le bureau. C'est vrai que c'est un endroit fabuleux...

– Que vous allez bétonner. »

Il y eut un court silence.

« A ton avis, combien de gens connaissent l'enclave ?

– Pas grand monde. Quasiment personne, répondit Paul.

– La nature, c'est comme la pâtisserie. A quoi ça sert, si personne n'en goûte ?

– Ce n'est pas le nombre qui fait la qualité, sourit Paul.

– Justement. Je réserve mon projet à une élite.

– Vous voulez construire combien de maisons ?

– Une cinquantaine de bungalows, un petit hôtel, des commerces, deux piscines, une d'eau de mer et une d'eau douce, trois tennis, des aires de jeux pour les enfants, une boîte de nuit, un golf de dix-huit trous, un héliport... Tout ça pour la première tranche. Après je verrai s'il y a besoin d'agrandir. »

Tout au long de sa litanie, le patron avait fixé Paul d'un regard scrutateur. Visiblement, il cherchait à le provoquer pour mieux lire en lui. Mais le jeune homme laissa passer ce luxueux orage sans montrer le moindre sentiment. Il n'était pas là pour défendre les oiseaux de l'enclave, Martine le ferait très bien toute seule, à son heure. Son rôle à lui était d'engranger le maximum d'informations sur le projet immobilier, ce qui, pour le moment, ne se passait pas trop mal.

« L'ensemble coûtera combien ?

– J'avoisine le milliard. »

A cet instant, Paul ressentit presque physiquement la jubilation qui animait Jérôme Laval. Et, ce qui était étrange, il la partageait. Il comprenait parfaitement cet enthousiasme, cette ivresse du bâtisseur qui imagine transformer le monde. Mais là, pourtant, il ne s'agissait pas de faire sortir une ville d'un terrain vague. On parlait de l'enclave d'Argol, de ce merveilleux coin de lande et de mer entremêlées.

« Ça te choque ? demanda le patron.

– Je n'ai pas d'opinion, répondit Paul.

– Mais si, je sais bien que t'as une opinion et que ça te

choque. C'est une question de génération. Avec Sofiane, au début, c'était pareil. Gnigni les petits oiseaux. Le vilain promoteur et tout le bastringue. Mais je construis pas des nids, moi. Des cages à poules non plus. Je construis de belles et solides maisons pour que des gens qui ont trimé toute leur vie puissent venir se reposer un peu sans se faire emmerder par la racaille... »

Un brusque courant d'air gonfla le rideau de tulle, sur la droite de Paul. Ensemble, le patron et lui le regardèrent s'affaler mollement contre la fenêtre. Puis Jérôme Laval se leva, ouvrit un confiturier, en sortit une bouteille de scotch et deux verres. « Si tu veux de la glace, tu en trouveras à la cuisine, au bout du couloir ». Paul se dit que l'occasion était belle de visiter les lieux, néanmoins, il ne bougea pas. Il n'avait pas envie de boire, mais un refus de sa part aurait pu écourter l'entretien.

Il accepta donc le verre que lui tendait le patron. Ils trinquèrent.

« Au Village d'Argol.

– C'est le nom du projet ? »

Jérôme Laval acquiesça en claquant la langue.

« T'as une meilleure idée ? Après tout, c'est toi le spécialiste. »

L'effet était sans doute escompté, Paul, néanmoins, se sentit flatté.

« Il ne faut pas mettre "enclave" dans le nom, je suis d'accord. Même si c'est un ghetto. » Jérôme Laval éclata de rire, Paul poursuivit quand même. « Pourquoi pas "le château d'Argol" ? Julien Gracq a écrit un livre qui s'appelle *Au château d'Argol*.

– Il y a un château, à Argol ?

– Non. »

Ils rirent de nouveau et le parfum de malaise lié à la reconnaissance de dettes s'évanouit enfin complètement.

« "Château", ça fait monolithique. D'un bloc. C'est le contraire du principe de village où les gens circulent librement d'un endroit à l'autre, de la piscine au golf, de leur bungalow à la boîte de nuit. Et puis le mot village évoque les villageois. Une notion d'identité, de famille. »

Paul, qui écoutait attentivement, se dit que le patron était plus littéraire qu'il ne le paraissait.

« Je pourrais faire une photo ?

– De quoi ?

– De vous, du projet. Il n'y a pas de maquette ? »

Jérôme Laval, qui était resté debout près de la fenêtre, alla se rasseoir. Il semblait soudain chagriné.

« J'ai prévu d'organiser une conférence de presse, à la rentrée. A Quimper, à l'hôtel *Intercontinental*. C'est Max qui a pris rendez-vous. Il y aura la presse parisienne, *l'Écho* et deux gars de chez toi. Attends… » Il ouvrit son agenda. « Lionel Signor et Yves Jobic. »

Avec ces deux noms, c'était, ni plus ni moins, son scoop qui s'effondrait. Pour masquer sa déception, Paul respira profondément.

« Mais t'as qu'à venir, aussi. Je t'invite.

– Ils vont se demander ce que je fous là.

– Puisque je t'invite ils vont rien se demander du tout ! Elle est forte, celle-là. Tu seras là et puis basta ! »

Soudain, le patron semblait réfléchir intensément. Son regard balayait la pièce sans se poser nulle part.

« Oui, oui. Ce serait même très bien que tu sois là. Tu es Breton et pas moi. Si je dis des conneries, tu pourras m'arrêter. Je sais bien comment les gens sont susceptibles, par ici. Tu lâches un mot de trop, et paf ! tu as tout le monde à dos sans rien avoir vu venir.

– D'accord. Je viendrai.

– Vraiment, ça serait chouette. »

Jérôme Laval se leva, Paul en fit autant. Ils sortirent du bureau et traversèrent le hall. Dans le petit salon, le jeune homme aperçut Max. Le secrétaire était assis à son bureau, penché, une main posée sur le front. Ainsi, son visage était invisible. Cette attitude sembla étrange au jeune homme. Comme si le secrétaire cherchait délibérément à ne pas être vu…

« Au revoir Max, dit Paul.

– Au revoir », répondit Max d'une voix assourdie par l'obstacle de son bras.

Déjà, à l'autre bout du hall, Jérôme Laval ouvrait la porte. Paul hâta le pas.

Comme il s'apprêtait à sortir, il jeta un regard vers l'escalier de chêne, monumental, qui montait à l'étage.

« Sofiane n'est pas là ?

– Aucune idée, pourquoi ?

– C'est-à-dire… Je voulais m'excuser, pour la dernière fois. Je n'ai pas pu la ramener…

– Oui, c'est ce qu'elle m'a dit. »

D'un geste, le patron fit comprendre à Paul qu'il l'accompagnait jusqu'à sa voiture. Il en fit le tour, la jaugea sous tous les angles puis revint vers le jeune homme.

« Tu la trouves comment ?

– Elle marche bien. Très confortable. Bonne tenue de route.

– Je parle de Sofiane. »

Il y eut un silence. Paul se demanda ce que le patron voulait entendre et choisit aussitôt, par prudence, d'en dire le moins possible.

« Elle a l'air sympa…

– Sympa, hum… murmura Jérôme Laval d'un air dubitatif. Elle s'emmerde, tu sais. C'est normal, elle connaît personne.

– Elle ne va pas tarder à se faire des amis… C'est une question de temps.

– Tu la connais mal. Plus solitaire qu'elle, il y a pas… C'est une fille formidable, mais pour ce qui est de se lier, zéro la barre. Moi, je pense qu'il faudrait la sortir, lui faire voir des trucs, la faire un peu bouger, quoi, merde ! Qu'est-ce que t'en dis ?

– Oui, c'est sûr, répondit Paul qui commençait à deviner où le patron voulait en venir.

– Toi, tu connais du monde, tous les jolis coins…

– Elle voudra peut-être pas ? »

Le sourire revint aux lèvres de Jérôme Laval.

« Mais si ! Elle te trouve épatant. Elle m'a dit que t'avais l'air d'un mec bien. Je crois que ça l'a sciée que tu refuses la bagnole. »

Paul s'appuya à la carrosserie de la Renault. Il l'avait refusée, mais il roulait dedans…

« Moi je veux bien, oui… Si ça lui fait plaisir. »

Comme s'il venait de réussir une bonne affaire, le patron se frotta vigoureusement les mains.

« Demain soir, ça te va ?

– Ça devrait aller… »

Sans raison apparente, Jérôme Laval contourna Paul, lui cachant ainsi la vue du manoir.

L'immense main du patron se referma sur celle de Paul et l'écrasa. Puis le jeune homme monta dans sa voiture, mit le contact et démarra.

A l'étage, la silhouette d'Hélène quitta lentement le cadre de la fenêtre.

Sur le chemin qui le ramenait à Quimperlé, Paul épuisa son répertoire de chansons.

Tout à son bonheur, il ne se souvenait même plus avoir signé une reconnaissance de dettes envers la société « Grand Air ».

XII

Quand Sofiane entra dans *L'annexe*, le petit bistrot en face de la rédaction, les bouches se turent. Elle était vêtue d'un corsage moulant et d'une jupe de cuir noir, courte et serrée. Nue, la sensation qu'elle causa aurait été moindre. Sans les voir, on n'ignorait rien de ses seins et de ses fesses, rien de leur volume, rien de leur galbe. De ce délicieux et involontaire effort d'imagination naissait une sorte de saisissement. Mais la fille avait au fond du regard un lointain mépris, presque de la morgue, et le chemin qui séparait les mains des secrets répandus de sa chair parut à tous, Paul y compris, irrémédiablement infranchissable.

Puisque le garçon occupait la banquette, Sofiane s'assit en face de lui, sur une chaise. Elle tournait ainsi le dos au comptoir. Dans le cas inverse, il n'aurait pas été vain pour les consommateurs d'espérer apercevoir son entrejambe. Cette disposition malheureuse valut à Paul quelques regards dépités de la part de deux habitués avec lesquels il lui arrivait de boire des coups. Néanmoins, ces derniers pouvaient apercevoir le reflet de la jeune fille dans la glace suspendue derrière Paul et ne s'en privèrent pas. Légèrement incliné, le miroir renvoyait du décolleté de Sofiane une vision bien plus intéressante que la piste de 421.

Ils se saluèrent gauchement, puis Paul lui demanda ce qu'elle voulait faire.

« C'est Laval qui t'a demandé de me sortir ?

– Il m'a dit que tu t'emmerdais.

– Et tu l'as cru ? C'est le prix à payer pour la bagnole, c'est ça ? »

D'un coup, Paul la trouva trop déshabillée. Trop agressive. Et puis, de toute manière, elle était bien trop belle, bien trop riche pour lui. Il allait sans doute sortir avec elle, tout à l'heure, et le jeune homme savait qu'il se sentirait emprunté toute la soirée. On ne s'improvise pas compagnon des stars. Il imagina Sofiane invitée à déjeuner à la ferme, débarquant dans cette tenue, et la tête que ferait sa mère. « M'man, je te présente la fille du type dont je t'ai parlé, mais si, tu sais bien, celui qui m'a offert la voiture. »

A cette évocation, Paul se mit à rire.

« Évidemment, tu l'as pas cru, en conclut Sofiane.

– Hein ? Non, non, je l'ai pas cru. Et pour la voiture, si tu veux savoir, j'ai signé une reconnaissance de dettes. »

Elle hocha la tête.

« T'as bien fait. Avec Laval, faut que tout soit clair… T'as un programme pour la soirée ? »

Paul proposa d'aller manger une pizza. Elle fit une moue mais le suivit quand même.

Sur la place du marché, la jeune fille tomba en arrêt devant la carte du *Duc de Bretagne*, le plus grand restaurant de Quimperlé.

« J'ai envie de fruits de mer », dit-elle.

Sans se retourner vers Paul, elle entra dans le restaurant. Nappes blanches et lustres monumentaux, serviettes en tissu, assiettes de chez Henriot, serveurs et sommeliers tirés à quatre épingles, le *Duc de Bretagne* était le genre de restaurant où le cendrier est remplacé à chaque mégot. Autant dire que Paul n'y avait jamais mis les pieds.

« Tu dois connaître, ici, non ?

– Oui, bien sûr, mentit Paul.

– La déco est à chier. »

Le jeune homme regarda autour de lui en hochant la tête. La salle était quasiment vide. Deux autres couples, et, plus loin, un vieux monsieur les regardèrent s'installer.

« Qu'est-ce qu'on a ? Pourquoi ils nous regardent comme ça ? demanda Sofiane à voix basse.

– On sent le pâté. »

Sofiane, soudain, pouffa dans sa main.

« T'as vu le vieux, à droite ? Regarde sa serviette, sur sa braguette. »

Elle avait parlé suffisamment fort pour que le couple voisin l'entende et se retourne vers le vieux monsieur dont la serviette trop amidonnée mimait une formidable érection.

Leur voisine éclata d'un rire bref, puis, confuse, replongea le nez dans son assiette. Un silence un peu gêné s'ensuivit. Paul se demandait de quoi il pourrait bien parler, mais seules des banalités lui venaient à l'esprit.

« Tu es née à Paris ? demanda-t-il.

– Ouais... Ça fait que trois mois que je suis là et déjà... »

Elle cherchait ses mots lorsque le maître d'hôtel s'approcha de leur table. Sofiane prit la carte, et sans plus un regard pour Paul, passa commande.

« Alors... nous prendrons deux douzaines d'huîtres, deux homards à l'armoricaine... et une bouteille de votre Saint-Émilion grand cru. » Elle rendit la carte. « Merci. »

Le maître d'hôtel proposa un apéritif, que Sofiane refusa, puis s'inclina légèrement.

« Ça sera quand même mieux qu'une pizza, non ? »

Une voiture, un Nikon, un gueuleton en compagnie de son canon de belle-fille, Paul était en train de se dire que Jérôme Laval ne lésinait sur rien pour le séduire, lorsque le sommelier arriva avec le vin et le lui fit goûter.

Comme il reposait son verre après avoir approuvé le nectar d'un hochement de tête – il se voyait mal se lancer dans les chichis du genre « ample en bouche, arrière-goût de cerise, etc. » – Sofiane lui prit la main. Elle avait la peau froide et sèche, mais ce contact soudain et surprenant enflamma Paul.

« Ça te dirait de bosser pour Laval ? », demanda-t-elle.

Paul retira sa main. Il s'attendait à tout, même à la proposition la plus dérangeante possible, du genre : « Si je m'allonge sur la table, est-ce que tu serais capable de me prendre, là, tout de suite, devant tout le monde ? ». Il s'attendait à tout sauf à ça. Et la désagréable sensation d'être manipulé depuis l'épisode du camping revint effleurer sa conscience, comme une bulle de méthane vient crever la surface du marais.

« Non », répondit-il sèchement.

A son tour, elle retira sa main, mais le petit sourire en coin qui lui creusait une jolie fossette à la joue gauche ne disparut pas.

« Il t'a menti et il regrette. C'est grâce à toi qu'on est ici. »

Tout allait un petit peu trop vite pour Paul. Le garçon prit son verre, but une longue gorgée qu'il dégusta en silence.

« Je m'en doutais un peu, dit-il enfin. Il avait lu mon article sur l'enclave d'Argol, c'est ça ?

– Oui. C'est ce gros connard de Mathias Schmidt qui le lui a donné. Laval hésitait à acheter le camping. Quand il débarque dans une région, c'est en force, avec plusieurs projets. Le camping seul ne l'intéressait pas. Une semaine après que ton article fut paru il a débarqué dans l'enclave. Ça a été le coup de foudre… Moi aussi, j'ai lu ton article. Tu donnais vraiment envie d'y vivre, dans ce coin. »

Paul soupira. Une fois de plus, Martine avait vu juste.

« Si j'avais su...

– Ce qui est fait est fait. Je suis comme toi, ça me fait chier qu'on abîme la nature... Il t'a dit quel était le budget du projet ?

– Presque le milliard.

– Tu veux savoir combien il va empocher, sur cette affaire ? »

Sans s'en rendre compte, Paul se tassa sur sa chaise.

« J'aime mieux pas.

– Tu comprends, pour la bagnole, maintenant ? C'était une manière de te remercier sans... Je sais pas, moi...

– Sans que je m'en aperçoive ? »

Elle acquiesça. Le regard de Paul se posa sur ses seins, sur son corsage si court qu'il lui dévoilait le nombril.

« Il m'a dit que vous aviez eu une conversation géniale la première fois que vous vous êtes vus. Tu lui as vraiment plu, tu sais ? Et maintenant il s'en veut pour la reconnaissance de dettes. Il dit que t'es vraiment une tête de pioche.

– Je l'ai signée et je le rembourserai quand je pourrai. »

La fille lui jeta un bref regard puis attaqua les huîtres. Paul se demanda si elle les avait commandées pour leur supposé pouvoir aphrodisiaque et cette simple pensée réveilla son désir. Le temps aidant, il se détendait un peu, et la crainte qu'il avait ressentie à *L'annexe* se dissipait.

« C'était bien, à Paris ? »

Sofiane lui raconta des bribes de son enfance. Sa naissance à Neuilly, un père architecte, qui s'était suicidé par balle, à l'ancienne, les jours sombres qui s'ensuivirent, la déchéance, la vente de la maison, la fuite des amis de la famille, les mauvais placements de sa mère et l'arrivée dans un deux-pièces à la Bastille.

« C'est là que Laval nous a trouvées. Il y a quatre ans. Ma mère était complètement raide. Elle restait enfermée toute la journée dans le noir. Sans lui, je crois qu'elle serait morte. Elle aurait préféré crever que de devoir travailler.

– Dans un sens, c'est bien d'avoir connu la pauvreté. Non ? »

Une lueur mauvaise fusa dans le regard de Sofiane. Des paillettes dorées apparurent dans ses iris couleur noisette.

« Un jour, Séguéla a dit à la télé : “l'argent n'a pas d'odeur, mais la pauvreté pue”. Moi aussi, je hais la pauvreté ! »

Conscient d'avoir lâché une boulette, Paul eut un geste vague.

« Oui, évidemment…

– Tu as déjà essayé de te suicider ? », demanda-t-elle soudain.

Paul dit que non, l'idée ne lui était jamais venue.

« Moi j'ai essayé, deux fois. Dont une avec ma mère. J'avais quinze ans. C'était dans les pires moments, quand on vivait comme des folles. Elle m'a foutu les cachets dans les mains et elle m'a demandé si je souhaitais vraiment continuer à vivre. Elle m'a dit qu'elle allait rejoindre mon père, se foutre en l'air comme lui, et que ce serait bien que je l'accompagne. J'ai dit oui. On s'est installées sur son lit, on a avalé tous les tubes de saloperies et puis elle m'a prise dans ses bras… »

Elle s'interrompit. Elle regardait Paul mais ne semblait pas le voir.

« Et alors ?

– Hein ? Alors, on s'est réveillées deux jours plus tard.

– Ta mère va bien, maintenant ?

– Tu l'as vue… Comment tu l'as trouvée ? »

Paul prit le temps de chercher ses mots. Il l'avait trouvée saoule, il l'avait trouvée déprimée.

« Fatiguée », choisit-il.

Comme en écho à ce mot, Sofiane entreprit de se masser la nuque.

« Et la deuxième fois ? demanda Paul.

– Oh, la deuxième fois c'était des conneries. Une histoire de mec... Tu as déjà été amoureux ? »

Le garçon faillit dire que oui, il l'était.

« Non, répondit-il en aspirant une huître.

– Tu y crois, toi, à l'amour ?

– Je ne sais pas. Et toi ? »

Elle secoua lentement la tête.

« Non. »

Paul s'essuya les mains puis se leva.

« Faut que j'aille aux toilettes. »

Il avait dit à Sofiane qu'il connaissait le restaurant, ce qui était faux, aussi passa-t-il devant le comptoir sans s'arrêter pour demander son chemin. Logiquement, les toilettes devaient se situer au fond de la salle, soit à droite, soit à gauche. Il longea une longue fresque marine de Mathurin Méheut et, faute d'indications, prit sur la droite. Le garçon déboucha dans un couloir tapissé de mauve, chichement éclairé par de petites appliques murales. Au bout de ce couloir, une porte était entrouverte. Paul s'apprêtait à la pousser lorsqu'il entendit des bribes de conversation. Il s'arrêta, jeta un regard en biais. Cette porte ouvrait sur un petit salon. Deux hommes s'y trouvaient, installés dans des canapés qui se faisaient face. « Pour l'ensemble de nos activités sur la région, nous comptons vous confier un budget publicitaire annuel d'un million de francs... », dit l'homme qui tournait le dos à Paul. Âgé d'une cinquantaine d'années, vêtu d'un costume coûteux, le nez chaussé de lunettes à fines montures d'acier, son vis-à-vis hochait lentement la tête. « Et pour nos concurrents ? », demanda-t-il. « Beaucoup moins. Pour notre publicité, nous avons prévu de passer essentiellement par vous... », répondit son interlocuteur. Cette voix sourde n'était pas complètement étrangère à Paul. Où donc l'avait-il déjà entendue ? Mais c'était une impression floue, une trop faible réminiscence. Le regard de l'homme de face se tourna un instant vers la porte. Vite, le journaliste recula dans la pénombre du couloir et la conversation du petit salon se fit murmure puis s'évanouit.

Il trouva les toilettes sur la gauche. Il y régnait un tel parfum synthétique de « sous-bois » que Paul en eut presque la nausée. Vite, il se soulagea, s'aspergea le visage d'eau froide, s'essuya et ressortit.

Lorsqu'il revint, le homard était servi.

Sofiane ne semblait plus avoir envie de parler. Elle mangeait avec une forme de recueillement, paupières baissées, mâchant lentement chaque bouchée. Parfois, ses narines se pinçaient, elle respirait par le nez, par à-coups. Le spectacle qu'elle donnait de son plaisir, étonnant chez une fille aussi jeune, entraîna Paul à déguster le crustacé avec la même attention.

A la dernière bouchée de homard, ils finirent la bouteille de Saint-Émilion. Ils en avaient bu équitablement, et Paul se sentait un peu gris. Il espérait que Sofiane le fût aussi mais la fille paraissait aussi claire qu'à leur arrivée dans le restaurant. « Bon, on y va ? Je t'offre le café ailleurs », dit-elle en se levant. Aussitôt, le maître d'hôtel se précipita avec l'addition. Il les avait observés du coin de l'œil toute la soirée, mais ni l'un ni l'autre n'y avait prêté attention. Sofiane étant déjà debout, l'homme posa la soucoupe d'étain devant Paul.

Il fallut au garçon une bonne poignée de secondes pour comprendre. La note était pour lui. Immédiatement, les vapeurs du vin se dissipèrent. Il regarda leurs assiettes, encore riches des reliefs du homard, la bouteille vide, la nappe un peu tachée et se sentit soudain comme emporté par une lame de fond. Du bout du doigt, il déplia l'addition. 570 francs. Une fortune. Six jours de salaire…

Il établit le chèque, le signa et le déposa dans la soucoupe. Quand il sortit, le maître d'hôtel ne le salua même pas. Sans doute pesait-il les risques que le chèque fût en bois.

Déjà, Sofiane était dehors. Elle n'avait pas tiré sur sa jupe courte et on pouvait voir la chute de ses fesses. Paul se demanda si elle portait une culotte.

Il la rejoignit sur le trottoir. La nuit n'était pas encore tombée, la place baignait dans une lumière tendre.

« On voit ton cul, dit Paul.

– Hein ?

– Ta jupe ! On voit ton cul.

– Ça te dérange ? sourit-elle. Qu'est-ce que vous êtes curetons, par ici !

– On n'est pas à Paris.

– Hou, là, là. Voilà ! Elle tira sur sa jupe qui, descendue de deux petits centimètres, masqua enfin ses rondeurs. T'es pas un peu coincé, comme mec ?

– Si », sourit Paul.

Ils décidèrent de retourner vers leurs voitures, garées près de la rédaction. Sofiane marchait vite, elle distança le garçon d'un bon mètre. Paul ne chercha pas à revenir à sa hauteur. Il admirait son allure, fluide, sans le moindre déhanchement.

« Je crois que Laval va te filer le Village d'Argol en exclusivité. »

De ce qu'elle venait de dire, Paul avait seulement entendu « Argol ». Il allongea sa foulée et revint à la hauteur de la fille.

« Laval va te donner la priorité, pour le Village, répéta-t-elle en ralentissant.

– Tu blagues ? Il te l'a dit ? »

Sofiane haussa une épaule et, dans le mouvement, son sein droit jaillit presque de son corsage. La pointe du téton apparut un court instant avant qu'elle ne le rentre d'un doigt négligent.

« Il m'avait demandé de ne pas t'en parler, mais bof. Autant que tu sois prévenu.

– Génial, rugit Paul en fermant les poings.

– C'est vraiment important, pour toi ?

– C'est très important. »

Elle reprit sa marche, d'un pas plus lent, cette fois. Paul resta à sa hauteur.

« Tu peux m'expliquer pourquoi ? »

Paul aurait pu expliquer qu'il avait assuré deux années de remplacement à Châteaulin et que le poste lui avait été refusé lors du départ à la retraite du journaliste titulaire. Il aurait pu expliquer qu'il tenait enfin sa revanche, sa vengeance sur « les filles qui savent s'écraser quand on le leur demande ».

« Dans la région, il y a deux journaux concurrents, dit-il. *L'Écho* et nous. Alors, quand on peut les baiser, c'est la fête.

– Tu diras pas à Laval que je t'en ai parlé, hein ? »

Paul regarda la fille. Il avait cru déceler une intonation de peur dans sa voix.

« Non, bien sûr. Je ferai celui qui tombe des nues », la rassura-t-il.

La côte était raide, il marchèrent un moment en silence pour ne pas perdre souffle.

« Il est vraiment si puissant que ça, ton journal ? », demanda la jeune fille.

Paul hocha la tête avec véhémence.

« Très puissant. Par le tirage, c'est le premier quotidien de France. Imprimerie, diffusion, proprio de toutes les rédactions, oui, c'est vraiment énorme. Et en plus il fait des bénefs. »

Paul avait parlé du journal comme si celui-ci lui appartenait en propre. Il y avait une telle fierté dans sa voix que Sofiane éclata de rire.

Le camping-car masquait la Renault 5, il y arrivèrent en premier.

« Je peux te poser une question ? dit Paul. C'est bizarre, ce genre de caisse, pour une fille. Tu préférerais pas rouler plus... léger ? »

Elle sourit.

« Des fois, Laval me demande d'aller voir des campings qu'il voudrait acheter, alors je me fais passer pour une cliente. D'autres fois c'est des sites, des endroits où il pourrait s'implanter. Je passe huit jours en pleine nature, je regarde, je prends des notes sur tout. Les nuisances, la gueule des gens autour, s'ils sont sympas ou cons. Mais en ville c'est vrai, c'est la merde à conduire, ce genre de bahut. »

Étrangement, Paul n'avait jamais pensé que la jeune fille pût travailler pour Jérôme Laval. D'emblée, il l'avait cataloguée comme ces filles de richards qui s'alanguissent à longueur de journées, se réveillent pour aller danser et se couchent à l'aube. Maintenant qu'il la connaissait mieux, il n'était pas outre mesure étonné de lui découvrir une activité.

Elle lui demanda ce qu'il proposait pour finir la soirée. La liste complète des fêtes quotidiennes étant à la rédaction, ils y entrèrent.

Lorsque Paul referma la porte derrière eux, son cœur battait plus vite.

La rédaction baignait dans une douce pénombre. Ourlés par la lumière d'un réverbère, les objets, meubles et bureaux semblaient plus massifs. Paul s'apprêtait à allumer le plafonnier lorsque la main de Sofiane lui prit le poignet.

« Non. N'allume pas », dit-elle.

Il sentait l'haleine de la fille, tiède et humide dans son cou. Le frôlement de son sein contre son bras. Doucement, il tourna la tête. Il avait une envie folle de l'embrasser, il se pencha un peu, elle s'écarta.

Sofiane alla s'asseoir sur le bureau de madame Rose. Un genou ramené sous son menton, une main à sa cheville, la jambe gauche légèrement écartée, elle portait une culotte de soie noire que la lumière de la rue faisait briller.

« Alors, tu trouves ? », demanda-t-elle de cette voix monocorde, si neutre, qu'elle en érailla encore davantage les sens de Paul qui n'avait pas bougé.

Le garçon se mordilla la lèvre jusqu'à la souffrance, puis se dirigea vers le bureau de Robert. Il alluma la petite lampe à l'abat-jour métallique que son collègue avait ramenée de chez lui et la lumière rasante s'étendit jusqu'à la ceinture de Sofiane. Son slip était si serré qu'il moulait parfaitement les lèvres de son sexe, si étroit qu'il aurait dû laisser échapper quelques poils. Il n'y en avait pas, Paul en déduisit qu'elle s'était rasée. Sans doute avait-elle découvert son regard, elle écarta encore un peu plus la jambe gauche. Maintenant, la lumière de la lampe lui baignait crûment l'entrejambe. C'était la deuxième fois qu'il la voyait ainsi offerte et, malgré le string, ou à cause de lui, il lui sembla que son désir franchissait un nouveau pas. Sur une échelle de Richter du séisme érotique, il devait, pensa-t-il, arriver à une amplitude maximum.

Paul ralentit ses mouvements, fit semblant de chercher ce qu'il savait trouver en un clin d'œil. Avant le dîner de ce soir, il s'était cru amoureux de Sofiane, comme touché par la grâce d'un amour romantique et encore adolescent. Mais ce tendre héritage d'émois enfantins, de souvenirs de lectures, Roméo et Juliette, Tristan et Iseult, avait été vite balayé. Juliette et Iseult ne portaient pas des culottes noires collantes sous des minijupes de cuir… Et si, hier encore, Paul se serait vu sans rougir jouer de la mandoline sous les fenêtres du manoir de Jérôme Laval, les nouvelles situations amoureuses qu'il imaginait en ce moment relevaient plus du cinéma pornographique de Francis Leroi.

« Ça y est ?

– Une seconde. »

Elle bougea un peu, ramassa quelque chose sur le bureau de madame Rose. Quelque chose qu'elle plia en quatre et garda au creux de sa main. Du coin de l'œil, Paul l'avait vu faire. Il se demanda ce qu'elle venait de trouver et allait lui poser la question lorsque la jeune fille se laissa glisser du bureau.

« Tu veux voir ma chatte ? »

Du bout du doigt, Paul releva l'abat-jour et la fille se trouva éclairée en plein.

« Dis-le que tu veux voir ma chatte ! », répéta-t-elle plus fort.

Avec une frénésie soudaine, elle releva sa jupe. Déjà, ses doigts crochaient dans le tissu du slip qui s'étira, s'étira… On aurait dit qu'elle cherchait à l'arracher pour le balancer à la figure du garçon.

« Je l'ai déjà vue, ta chatte », répondit Paul d'une voix calme.

La fille s'immobilisa. Et cette soudaine tétanie était presque plus effrayante que son accès de fièvre. Enfin, elle releva lentement la tête et rabaissa sa jupe.

« Quand ça ? », demanda-t-elle d'une voix rauque.

Dans son regard Paul lut une ironie qu'il ne s'expliqua pas, puis il observa ses mains. Ses paumes, ouvertes, étaient plaquées contre ses cuisses. Par terre, il n'y avait rien. Ce « quelque chose » qu'elle avait trouvé sur le bureau de madame Rose et qu'elle cachait dans son poing serré avait disparu.

« Au camping de la Forêt. Tu dormais, je suis passé devant ta voiture. J'ai jeté un œil, voilà, c'est pas compliqué. »

Paul se dit que, surtout, il ne fallait pas parler de Mathias Schmidt et compromettre son scoop en jetant la zizanie dans le clan Laval.

« T'es un voyeur, alors ? demanda-t-elle d'une voix soudain chantante.

– Ça s'est trouvé comme ça.

– T'aimes reluquer les filles, d'habitude ? »

Une nouvelle fois, Paul fixa les mains de Sofiane. Il n'y avait pas de doute, elles étaient vides.

« Comme toi tu aimes aguicher les mecs, dit-il en laissant lentement remonter son regard jusqu'à la bouche de Sofiane. N'est-ce pas que t'aimes aguicher les mecs ?

– Réponds-moi d'abord.

– Je regarde ce qu'on me montre. »

Elle hocha lentement la tête, comme si elle avait du mal à comprendre ce que disait Paul.

« Mathias Schmidt t'a observé, à chaque fois que t'es venu au camping. Tu passes ton temps à reluquer les petites minettes.

– Tu me parles comme si j'avais soixante balais ! explosa soudain Paul. Et puis d'abord, il se prend pour qui, ce videur de chiottes ? »

Sofiane avança de trois pas et vint pratiquement se coller contre Paul.

« T'as vu comment t'es fringué ? Elle attrapa le col de son pull en laine et le tira brusquement en arrière, dévoilant la chemise et le tricot de corps. Qu'est-ce que tu caches ? T'as peur de ta peau ? T'aimes pas le contact physique ? Tu veux que je te dise ? T'es un mec à fantasmes. » Doucement, presque tendrement, elle introduisit son index dans sa bouche, le suça un peu, puis appliqua une phalange mouillée sur la tempe de Paul. « Je voudrais bien être dans ta tête. Ça doit grouiller de trucs bien dégueulasses, bien gluants. Et moi j'aime ça, les trucs gluants. Quand je suis née, toutes les fées gluantes étaient penchées sur mon berceau. » Elle rit, recula d'un pas. « Dès que je t'ai vu, le jour où j'ai amené la bagnole, j'ai su qui tu étais. T'arrivais même pas à me regarder dans les yeux. Tu ne pensais qu'à me fourrer ton machin dans la bouche. Je me trompe ?

– Non, admit Paul.

– Tu veux toujours me fourrer ton machin dans la bouche ? »

Doucement, le garçon étendit la main. Il savait que le moment était venu. Enfin. Il allait la coucher, là, sur le bureau de madame Rose, par exemple. Il lui enlèverait son slip ou l'écarterait simplement. Puis il la posséderait.

Sa main se posa sur la hanche de Sofiane.

La jeune fille fit un bond en arrière.

« Me touche pas ! », hurla-t-elle.

Le garçon prit une profonde inspiration. La main qui avait touché Sofiane le brûlait, il la frotta contre sa saharienne. Puis il se mit à faire les cent pas dans la rédaction. A présent, c'est son être tout entier qui brûlait.

« Merde, merde, merde… gémit-il. Mais qu'est-ce que tu veux, à la fin ! Des moments t'as l'air bien ta peau et deux secondes après tu pètes les plombs. »

Il la regarda. Elle tremblait, elle était pâle, d'une blancheur éclatante dans la pénombre. Il s'éloigna d'elle puis revint tout près. Il vit qu'elle pleurait.

« Oh ! non, te mets pas à chialer, en plus.

– Tu comprends rien, murmura-t-elle.

– Mais qu'est-ce que je dois comprendre, putain ! Il y a rien à comprendre, avec toi. Qu'est-ce que tu veux, à la fin, hein ? Tu peux me le dire ? »

Incapable de poser sa respiration, Sofiane se mit à hoqueter.

« C'est pas de ma faute. Je... J'ai horreur qu'on me touche... J'y arrive pas... »

Le garçon s'approcha d'elle et lui tendit la main.

« Prends ma main. Vas-y », ordonna-t-il d'une voix ferme.

Elle leva sur lui ses yeux noyés de larmes, tendit la main et toucha celle de Paul.

« Alors, tu vois bien ?

– Quand c'est moi, c'est pas pareil. Je sais pas... Je peux pas expliquer ce que je ressens. Quand on me touche, c'est comme si on cherchait à me tuer. »

Paul se sentait calme, à présent. Malgré la pénombre, il lui semblait voir chaque détail de Sofiane, chacun de ses pores, luire la trace de chacune de ses larmes.

« Tu es vierge ? », demanda-t-il tout bas.

Un pauvre sourire vint à la jeune fille.

« Non. Bien sûr que non.

– T'as jamais vu de psy ? »

Elle haussa les épaules, retira sa main du poignet de Paul et la laissa lourdement retomber le long de son corps.

« Je vais rentrer », dit-elle.

Paul lui proposa d'aller boire un dernier verre quelque part, mais elle refusa. Pour de vrai, elle semblait terrassée par la fatigue. Elle tremblait encore un peu, mais son regard s'était éclairci.

« Tu veux que je te ramène ? proposa Paul.

– Ça va aller… »

Ils sortirent de la rédaction. L'air de cette nuit de juillet pesait, le ciel était couvert. Au loin, venant de la ville basse, on entendit un long crissement de pneus suivi d'un bruit de ferraille.

« Je crois que je vais avoir du boulot », dit Paul.

Sofiane ouvrit la porte de son camping-car. Elle rata le marchepied, se raccrocha au volant, réussit enfin à s'asseoir. Puis elle referma sa portière et baissa la vitre. Sans doute transpirait-elle car la manette lui glissa par deux fois des mains.

« Passe au manoir », dit-elle.

Comme le camping-car déboîtait, Paul recula un peu. Entre la Sofiane arrogante et pimpante qui avait débarqué à *L'annexe* deux heures plus tôt et l'ombre voûtée qu'il devinait maintenant dans le camping-car, il y avait plus qu'un monde, il y avait une absence, un abîme. Un néant si épais, tissé des voiles de si nombreux fantômes, que dans ce profil penché il crut voir Hélène, la mère.

Paul répondit au sourire lointain de Sofiane comme si de rien n'était. Le moteur du camping-car s'emballa un instant, le pneu avant gauche rasa un papier plié en quatre tombé sur le bitume. Peu à peu le silence revint dans la rue.

Le garçon ramassa ce que Sofiane avait dérobé sur le bureau de madame Rose et perdu en trébuchant.

C'était la photo du camping où elle apparaissait en robe à carreaux, la main de Mathias Schmidt posée sur son épaule.

XIII

Au café, que Paul et son père arrosaient de lambig, un alcool de pomme, Yvonne et Martine se mirent à parler en breton. Comme elles regardaient Paul, le garçon en déduisit qu'il était au centre de leur conversation. Le breton était la langue maternelle d'Yvonne, qui n'avait appris le français qu'à l'école ; la jeune fille, elle, devait sa pratique aux cours du soir. Alors, quelquefois, elles achoppaient sur le sens d'un mot ou sur la place d'un accent tonique. S'ensuivaient des explications d'Yvonne, le plus souvent embrouillées. Mais Martine faisait preuve de patience et, au bout du compte, elles finissaient toujours par se comprendre. Hormis quelques jurons, Paul, de son côté, n'entendait rien au breton. Peu de personnes, en effet, ont appris la langue à leurs enfants. Après la guerre 39-45, les adultes l'utilisèrent pour deviser entre eux des sujets scabreux, protégeant ainsi leurs mots des petites oreilles. Quand la Jeanne de Ty-Coz s'était mise à recevoir des hommes pour arrondir ses fins de mois, la nouvelle s'était répandue en breton. En breton aussi, le suicide de Perrick Lhostis, pendu à quatorze ans. En breton toujours les troubles relations de monsieur le curé et de sa *carabassen*, autrement dit sa bonne. C'est pourquoi, de ragots en secrets, de mensonges en révélations de lit clos, le breton a tant périclité.

« Qu'est-ce qu'elles disent ? demanda Paul à son père.

– Martine dit que tu n'as pas pris parti dans ton article. »

Jean retira lentement ses lunettes et les posa sur la table. Puis il referma le journal. A la une, en bas à gauche, on pouvait lire : « Un projet de village de vacances à l'enclave d'Argol ». Et dessous, en petits caractères : « lire en pages intérieures ».

« Et toi, qu'est-ce que tu en penses ?

– C'est peut-être bon pour la région, ça fera du travail », répondit Jean.

Aussitôt, Martine se tourna vers lui.

« Du travail ? Ils vont faire venir des entreprises de Paris, oui ! Moi, je dis qu'on n'a pas le droit de vendre la Bretagne à ces gens-là.

– Faudra bien l'entretenir, ce village, intervint Yvonne. Les maisons, ça tient pas debout tout seul.

– Des boulots de larbins, c'est ce que vous voulez pour la jeunesse du pays ? C'est chez nous, ça nous appartient, et le seul droit qu'on aura c'est de laver les latrines derrière ces messieurs-dames de la haute. »

Il y eut un silence, le bruit sec de l'étui à lunettes de Jean qui se refermait.

« Qu'est-ce qu'on peut faire, contre l'argent ?

– Se battre, dit Martine.

– Se battre comment ? Avec quoi ? »

Jean regardait Martine avec, au fond des yeux, une lueur d'amusement. La bataille, lui, il connaissait. Mais, à l'époque, avec un fusil dans les mains et un Boche au bout du canon, le pourquoi et le comment des choses ne se posaient pas.

« Il faut résister, dit la jeune fille. Faire des manifestations. Occuper le terrain.

– Faut pas se mettre en travers de la route du progrès. Tu sais pourquoi mon père était contre les tracteurs ?

– Mais ça n'a rien à voir, ça ! s'énerva un peu Martine.

– Il était contre les tracteurs, poursuivit Jean, parce qu'il aimait son cheval. Il n'était pas plus bête que les autres, mon père. Il savait très bien qu'avec un tracteur il travaillerait plus et mieux. Mais il aimait son cheval comme on aime une personne. On ne change pas sa vieille femme contre une jeune sous prétexte qu'elle ne peut plus faire d'enfant. On aime sa vieille femme, alors on la garde. Et on meurt avec. »

C'était la première fois depuis longtemps, depuis toujours peut-être, que Paul entendait son père parler aussi longtemps et de cette manière. Il en ressentit une émotion qu'il eut du mal à masquer.

« Et bien moi, j'aime la Bretagne comme votre père aimait son cheval, dit Martine.

– Je crois que c'est pas bien de dire ça. » Yvonne secouait lentement la tête, elle semblait la proie de réflexions contradictoires. « Vous êtes jeunes et vous n'avez pas de travail. Tout ce qui ramène du travail ici est le bienvenu. » Elle se tourna soudain vers Paul. « Tiens, regarde le fils Larvol. Il est parti à Paris parce qu'il n'y avait rien dans le coin. Quand sa mère est morte, personne ne savait où le joindre. Là-bas, d'après ce qu'on m'a dit, il vivait tantôt chez l'un tantôt chez l'autre. Un jour, il est revenu la bouche en cœur, et c'était pour apprendre… pour apprendre ça. La nature, il y en a bien assez comme ça, c'est pas ce qui manque. Alors, moi je dis, si ce sont des gens honnêtes qui viennent en vacances ici, il n'y a pas de raison de mal les accueillir. »

Martine soupira.

« Eh ben on n'est pas d'accord, c'est tout. »

L'article avait paru le matin même et Lionel Signor avait demandé à Paul de rester pour l'occasion à la rédaction de Quimper afin de recueillir des réactions dans la ville. Le garçon en avait profité pour venir déjeuner chez ses parents où il n'était pas depuis cinq minutes que le téléphone sonnait. Martine, évidemment, voulait le voir de toute urgence. Yvonne avait alors proposé qu'elle vienne boire le café.

Un titre à la une, l'article de fond en informations générales, un rappel et une photo en page Bretagne, un autre sur Quimperlé et un troisième sur Châteaulin, les secrétaires d'éditions, trop heureux d'avoir autre chose à présenter au lecteur que les concours de boules, avaient donné au scoop une dimension magistrale. Et lorsque Paul était entré dans la rédaction de Quimper, tôt ce matin, il y régnait déjà les parfums mêlés de l'excitation intellectuelle et de la joie mal contenue d'avoir grillé la concurrence.

C'est au lendemain de la soirée éprouvante passée en compagnie de Sofiane que Jérôme Laval avait appelé Paul. L'entrevue avait eu lieu au manoir, un peu avant midi. Pour faciliter le travail de Paul, le patron avait fait tirer des photos de la maquette du projet « Argol » par un labo professionnel. Il y en avait quatre en tout et, sur l'une d'elle, on voyait même un hélicoptère miniature posé sur une aire d'atterrissage. Avant de quitter le manoir, Paul avait demandé à voir Sofiane. Mais la jeune fille n'était pas là, elle était allée passer quelques jours à Paris avec sa mère.

C'est le cliché avec l'hélicoptère que Lionel avait choisi pour la page Bretagne. L'édition de Châteaulin, quant à elle, avait hérité d'une photo du village en perspective et d'une vue de l'enclave dans son état actuel que Paul avait prise pour illustrer son article, deux ans plus tôt. La nomenclature du projet, son budget, un bref portrait de Jérôme Laval et de sa société « Grand Air » formaient l'ossature des textes. Paul s'était promis de reparler de son embauche. Pourtant, face au directeur départemental, il s'était contenté d'une allusion que l'autre n'avait pas relevée. Il restait seulement à espérer que ce coup de maître ne serait pas oublié de sitôt. L'article en informations générales portait sa signature et il fallait voir là plus qu'un encouragement ou une reconnaissance : une promesse.

« Mais écoute-moi, donc ! Je vois bien que tu ne m'écoutes pas...

– Hein ? », émergea Paul.

Martine avait élevé le ton et Paul lut la désapprobation dans le regard de son père. A la maison, il n'y avait jamais eu un mot plus haut que l'autre et les discordes s'y étaient toujours exprimées *mezzo voce*.

« C'est quand même toi qui as écrit que l'enclave était un petit paradis qu'il fallait protéger à tout prix !

– Oui, et alors ?

– Mais tu te rends compte que ton article d'aujourd'hui est... neutre ! Voilà, il est neutre ! Pas une opinion, pas une réserve, rien qui puisse mettre la puce à l'oreille du lecteur... A te lire, c'est comme si... Comme si tout était déjà décidé. Comme s'il n'y avait plus rien à faire.

– Ce n'est pas mon boulot de prendre parti, réagit enfin Paul.

– Tu l'as bien fait, pour le plan Orsec-Rad.

– C'était pas pareil.

– Mais si, c'était pareil ! Ce coup-là encore, c'est moi qui t'avais filé le tuyau. »

Yvonne saisit soudain le coude de Martine.

« Moi je dis que Paul a eu raison d'être mesuré. Ce n'est pas en étant révolutionnaire qu'il se fera embaucher au journal. »

Du plat de la main, Jean ramassa quelques miettes de pain sur la table et les renversa dans son assiette. Paul et Yvonne, qui connaissaient la signification de ce geste, savaient qu'il n'allait pas tarder à se lever. Ce qu'il fit. Martine prit ce geste comme un désaveu de son attitude et se leva également.

« Je vous demande pardon, dit-elle, sincère.

– Mais non, sourit Jean… Qui sait, c'est peut-être toi qui as raison. »

Jean sortit, un long silence s'installa dans la maison, juste troublé par le caquètement des poules qui tournaient en rond devant la porte.

« Tu es trop passionnée, Martine, dit doucement Yvonne. Ça te fera tort. Et puis la politique, c'est pas bon pour les jeunes. »

On entendit le tracteur qui démarrait, dans la cour, puis le bourdonnement du moteur s'éloigna.

« Ce sont les gens passionnés qui font avancer les choses, répondit Martine avec un temps de retard. Les autres, ils se contentent de regarder. »

Elle jeta un coup d'œil en coin à Paul, finit son café froid puis se leva.

« Tu m'y emmènes ? demanda-t-elle.

– A l'enclave ?

– Il serait peut-être temps que je la voie, tu ne crois pas ? »

Martine proposa d'aider à faire la vaisselle, avant, mais Yvonne refusa avec des hauts cris. Paul embrassa sa mère, puis rejoignit son amie qui ouvrait déjà la portière de la vieille 403 beige qu'elle empruntait de temps à autre à ses parents.

« On va prendre la mienne », dit Paul sans réfléchir.

Martine regarda sous le hangar, là où Paul avait l'habitude de garer sa vieille 4 L. Du haut toit crevé par une tempête, un faisceau de lumière plongeait sur la Renault 5. Lavée et astiquée la veille, la voiture rutilante paraissait ainsi en exposition, frappée en plein par le flux d'un spot invisible. Presque biblique, l'image aurait pu évoquer la tentation.

Puisqu'il ne pouvait plus reculer, le garçon se dirigea vers la Renault, ouvrit la portière passager et invita Martine à le rejoindre.

Là-bas, dans l'encadrement de la fenêtre ouverte sur la cour, Yvonne les regardait. Paul se demanda si sa mère avait fait le rapprochement entre la voiture, le donateur dont il lui avait parlé, et l'article de ce matin. En tout cas, si elle avait fait l'association, elle ne l'avait pas montré.

Martine monta dans la Renault et Paul démarra.

« Elle est neuve ? demanda-t-elle aussitôt.

– Hein ? Oui, oui, répondit Paul d'un air négligent.

– Elle est à tes parents ?

– Non, c'est la mienne.

– C'est eux qui te l'ont offerte ?

– Oui, ils ont pris un crédit. »

Martine hocha la tête. Elle baissa sa vitre et adressa un petit signe de la main à Yvonne, toujours à sa fenêtre.

XIV

Paul n'était jamais revenu à l'enclave et la retrouva ainsi qu'il l'avait découverte, deux années plus tôt. La brise marine, au ras des herbes folles, une certaine épaisseur de l'air, un goût aussi, tiède et salé, l'étrange impression de s'immerger en terre ferme, tout dans l'écho qu'avait éveillé le lieu au plus profond de lui-même était à l'identique. Il en surgissait une distorsion du temps, un franc recul dans la mémoire. Paul s'approcha de l'océan pour mieux lui tourner le dos. A perte de vue, cette perpétuelle jachère mangée de bruyère, aux bouquets d'ajoncs défleuris, aux entrelacs d'une lande si épaisse qu'on aurait pu parler à leur endroit de bosquets, aux tapis de mousses jaunis par le sel, mariait dans l'harmonie beauté et désolation. De cette hostilité à la fois mouvante au premier coup d'œil et figée dans la raideur de sa flore on imaginait le décor encore planté pour des lustres, comme si la main agricole de l'homme, lassée d'être vaincue, avait enfin pardonné cet affront et décidé une fois pour toute de l'immuabilité des lieux. Mais voilà, la société « Grand Air » et ses caterpillars n'allaient pas tarder à débarquer. Et de ce silence auquel même le clapotis des flots sur la berge participait, il ne resterait bientôt plus rien ; on ne se souvient pas du silence.

« Alors, questionna Paul, je t'ai menti ? c'est pas le paradis, ici ? »

Martine regardait autour d'elle. Elle n'avait pas l'air transporté.

« Tu entends ? », demanda-t-elle.

Paul tendit l'oreille. Il n'entendait rien.

« Justement, c'est bizarre. On n'entend pas un oiseau, pas un grillon, rien.

– C'est à cause de nous, expliqua Paul.

– On n'a pas fait de bruit, pourtant... »

Martine n'était pas tranquille, Paul s'en rendit compte. Lui-même commençait à ressentir un véritable malaise qu'il attribuait à un sentiment de culpabilité. S'il n'était pas venu ici, par hasard, il y a deux ans...

« C'est quoi, la petite cahute, là-bas ? »

La jeune fille montrait une espèce de cabane tout en hauteur construite en rondins, couverte d'un seul versant de toit. A la distance où ils se situaient, la porte paraissait ouverte, à moins que la bicoque en fût démunie. Ils s'en approchèrent.

Ils y entrèrent.

C'était un abri de chasseur construit à la va-vite, dans lequel on trouvait entassés, pêle-mêle, une vieille table de cuisine en Formica, des chaises bancales, un moulin à café à l'ancienne mode, des tasses ébréchées, quelques verres Duralex et une botte de caoutchouc vert qui semblait presque neuve. Contre un des murs de rondins il y avait une cinquantaine de bouteilles vides qui, à l'odeur, avaient certainement contenu de la gnole. Suspendu par une corde à l'unique poutre du toit, un cadavre chaussé d'une seule botte se balançait, chaussette au vent. La nuque brisée, la langue gonflée et sortie d'un bon tiers, l'homme mort jetait sur Martine un regard exorbité.

La fille hurla, vida ses poumons, et hurla encore. Paul, lui, se tourna à demi pour vomir sur les bouteilles. Il avait l'impression, soudain, d'être devenu aveugle. Autour de lui, tout était blanc, d'un blanc crayeux zébré de fulgurances rouge vif. Son estomac se tordit une dernière fois, en vain, et la vision du jeune homme redevint normale. Il se retourna, chercha Martine, l'aperçut à l'extérieur. La jeune fille était couchée en chien de fusil dans l'herbe rase. Elle sanglotait.

Paul enfouit ses mains dans ses poches et respira profondément. Il doutait de trouver le courage de regarder une seconde fois le pendu. Alors, il commença tout doucement, par la botte verte qui traînait à terre, juste sous l'homme. Comme les bottes, la chaussette était neuve. Également neuf en apparence le costume bleu-nuit, la chemise blanche à col cassé et le nœud papillon noir. Paul se dit qu'il fallait vraiment être con pour mettre un nœud papillon avant de se pendre et cette pensée, sincère et dépourvue d'ironie, lui redonna un peu de chaleur. Bien enfoncée dans la chair du cou, la corde aussi était neuve.

Vint enfin le visage, un visage que Paul connaissait : celui de Joseph Le Gall, le plus important des trois ou quatre propriétaires de l'enclave, interviewé par lui il y a deux ans. Âgé d'une soixantaine d'années, Le Gall était un agriculteur ouvert et sympathique, et bien que Paul n'eût rien repris de ses revendications, tenant même un discours inverse, il ne s'était jamais manifesté.

Martine s'était assise, elle avait repris vie. Paul lui tendit la main pour l'aider à se relever.

« Je le connais », dit-il simplement.

Comme ils s'éloignaient d'un pas rapide, Paul expliqua qui était Joseph Le Gall. La jeune fille écouta en silence, hochant trois ou quatre fois la tête. Les couleurs lui étaient revenues.

« Tu t'imagines, s'il s'est pendu à cause de ton article ? », demanda-t-elle soudain en se tournant vers Paul.

Il n'y avait aucune méchanceté dans le ton de Martine, mais Paul crut pourtant en déceler. Peut-être parce qu'il se posait la même question.

« Tu t'imagines, la poisse pour le "Rayon Vert" que ce soit justement toi qui aies découvert le corps ? »

Aussitôt, Paul regretta cette phrase, mais il était trop tard, il avait déversé son aigreur.

« Il s'est pendu, non ? Je l'ai pas tué ! rétorqua Martine.

– Eh bien, moi non plus, je ne l'ai pas tué ! »

Ils firent quelques pas en silence, puis la jeune fille s'excusa.

« Pardonne-moi. Je voulais pas dire ça. Je sais bien que tu n'y es pour rien... Mais merde, Paul ! Ouvre les yeux. Il y a sûrement quelque chose derrière tout ça. »

Le garçon commençait aussi à s'en douter, pire il avait la désagréable sensation, depuis cette « convocation » au camping de la Forêt, d'être au centre de ce « quelque chose » ou, à tout le moins, d'en être partie prenante. Dans l'œil du cyclone, tout est furieusement immobile. Qu'on s'en écarte, et le tourbillon vous emporte à jamais.

« T'as vu ce qu'il picolait ? », répondit néanmoins Paul.

Martine haussa les épaules.

« Si tous les poivrots devaient se flinguer, il y aurait plus grand monde en Bretagne. »

Malgré lui, Paul sourit à cette idée. Il prit le bras de Martine pour l'aider à franchir une clôture, la route était derrière, blanche dans le soleil de l'après-midi.

« Tu crois vraiment qu'on va tomber sur des flics soupçonneux ?

– Mais non. C'est une affaire pour les gendarmes, l'apaisa Paul. Je connais bien ceux de Châteaulin. Ils sont honnêtes. »

Martine le regardait, il le sentait, mais lui regardait droit devant.

« Tu vas parler de la mort de ce type dans le journal ?

– On ne parle jamais des suicides.

– Mais c'est pas n'importe qui, merde ! C'est l'ancien propriétaire de l'enclave ! »

On apercevait la voiture, maintenant, garée sur l'accotement. Paul s'arrêta et se tourna enfin vers la jeune fille.

« Écoute... Je vais appeler la gendarmerie, et après j'appellerai Lionel, c'est lui qui décidera. »

Puisqu'ils n'avaient vu aucune cabine téléphonique sur la route, ils décidèrent d'aller au bourg d'Argol.

Pour la première fois depuis qu'il avait la voiture, Paul rompit avec les règles du rodage. Quelques minutes plus tard, ils entraient dans l'épicerie-bar du village.

L'endroit était sombre. Un comptoir en chêne, encaustiqué à l'ancienne, et trois petites tables en faux marbre veiné de vert formaient la partie bistrot. Le coin épicerie était de l'autre côté de la pièce, rayonnages de conserves et paquets alimentaires de toutes sortes comme jetés en vrac.

Lorsqu'ils entrèrent, la patronne torchait quelques verres. C'était une vieille femme d'au moins quatre-vingts ans, un peu voûtée. Elle leva sur eux un regard si juvénile que le reste de sa personne en parut anachronique.

« Je peux téléphoner ? demanda Paul.

– Bien sûr, mon garçon. C'est là. »

Elle indiquait un vieux poste noir posé sur un guéridon, près du comptoir.

« Vous êtes venus voir l'enclos paroissial ? demanda la patronne à Martine qui s'était assise.

– Pas vraiment, non, répondit la jeune fille. On revient de l'enclave.

– Ah ! Cette histoire, ça va provoquer bien du remue-ménage...

– Oui, c'est sûr…

– Remarquez, dans le journal, ils mettent que ça va être très joli, poursuivit la vieille, sans compter que pour la commune c'est une aubaine. Ça sera chez nous sans être chez nous. Mais l'argent de la taxe, lui, il sera pour nous. C'est le maire qui l'a dit. »

Martine n'embraya pas. L'idée de devoir accompagner les gendarmes dans la cahute lui donnait la nausée.

« Allô, la gendarmerie ? » La patronne tourna la tête. « Ici Paul Bihan du journal. Je voudrais parler au capitaine Farlégny. » Il y eut quelques secondes de silence avant que Paul ne reprenne. « Capitaine ? Je viens de découvrir le corps de Joseph Le Gall, dans une espèce de cabane, à l'enclave d'Argol. Il s'est pendu. »

La patronne, aussitôt, porta les mains à son visage. Prise d'un vertige, elle s'agrippa à la table de Martine puis tira une chaise. Lentement, elle s'assit.

« *Ma doué* ! Joseph ? Joseph est mort ?

– Oui, on l'a trouvé pendu », dit Martine.

A quelques mètres, Paul reposa le combiné mais le décrocha aussitôt pour composer le numéro du journal, à Quimper.

« Alors ? demanda la jeune fille.

– On a rendez-vous avec eux dans une demi-heure, là-bas… Oui, c'est Paul, est-ce que Lionel est là ? »

Martine, soudain, remarqua la pâleur de la vieille dame.

« Ça va aller ? s'inquiéta-t-elle.

– Pauvre Joseph…

– Vous savez pourquoi il a fait ça ? C'est à cause de la vente des terrains ? »

A l'extrême limite de son champ de vision, Martine vit Paul se détourner.

« Oh non ! Bien sûr que non ! Il a ramassé un beau pactole, avec l'enclave. Lui et les autres, il y a deux ans, quand ils ont vendu les terres à la société agricole. »

Aussitôt, Paul plaqua une main sur le micro du téléphone.

« Une société agricole ?

– Oui. Personne n'en voulait de ce coin. C'est que de la lande. Alors, quand le monsieur de Paris a parlé de racheter le tout, vous pensez bien qu'ils n'ont pas refusé. D'après ce qu'on m'a dit, ils ont vendu au prix de la bonne terre et même plus… Non, non. S'il a mis fin à ses jours, ça n'a rien à voir avec ça… »

Paul raccrocha et vint s'asseoir à la table.

« Il était marié, je crois…

– Justement… On a enterré sa femme la semaine dernière. Quarante ans de mariage… Moi, je crois que c'est cette idée-là qu'il n'a pas supportée.

– Qu'est-ce qu'il en dit, ton directeur ? demanda Martine.

– On ne parle pas des suicides. »

XV

Situé au premier étage de l'hôtel de police, le bureau de l'inspecteur Morinal, des Renseignements Généraux, recevait en plein le soleil du matin. A ces heures, c'était un lieu des plus accueillants, et Paul ne se serait pas étonné d'y voir débarquer une soubrette avec un plateau de croissants. Mais il n'y avait qu'un seul client, ici, c'était lui, Paul, et le tôlier qui lui faisait face n'était pas du genre à lui beurrer ses tartines. Le garçon était dans le bureau depuis quinze bonnes minutes et l'inspecteur ne lui avait toujours pas adressé la parole, hormis pour le prier d'entrer. Morinal lisait, téléphonait, prenait des notes exactement comme si Paul n'était pas là. Un moment, l'air songeur, il avait même commencé à se curer les ongles avec ses ciseaux à papier. Paul en avait profité pour regarder autour de lui. Sur le bureau de l'inspecteur, tournée à demi vers le fauteuil visiteur pour qu'on ne puisse pas l'ignorer, la famille Morinal en grand format souriait de toutes ses dents. Il y avait Papa et Maman, la grande fille, la cadette et le petit dernier dans son baby-relax. Ils avaient tous l'air bien mignons, sauf Papa dont le sourire était un peu crispé. A le voir, on ne doutait pas une seconde qu'il fût le genre de type à préférer les photos de l'identité judiciaire, face-profil, pas rasé, pas dormi de la nuit. L'ostentation de ce cliché familial avait bien sûr pour seule vocation de rassurer les prévenus : ils n'avaient pas un monstre en face d'eux, ils pouvaient parler sans crainte.

La police avait téléphoné à la rédaction de Quimperlé à neuf heures précises et, Paul n'étant pas encore arrivé, madame Rose avait pris la communication. Martine avait été arrêtée la veille pour avoir distribué des tracts écologistes lors du défilé des fêtes de Cornouaille, la plus grande manifestation folklorique de tout le département. A priori, cette broutille ne justifiait en rien une garde à vue, et pourtant ils l'avaient gardée. Un quart d'heure plus tard, avec la permission de Robert, Paul reprenait la route de Quimper.

« Vous la connaissez depuis longtemps ? », demanda soudain l'inspecteur.

Paul, qui avait pris le parti de son silence et commençait à s'assoupir, posa sur le flic un regard si vide que l'autre crut bon de répéter sa phrase.

« Vous vous connaissez depuis combien de temps ?

– Quatre ans.

– C'est votre petite amie ? »

Le garçon ne répondit pas. Le fait que Martine l'ait fait appeler, lui, pour la sortir du trou était en soi éloquent. Il ne considérait pas Martine comme sa petite amie, mais savait bien, qu'aux yeux du monde, il n'y avait pas de terme plus approprié.

« On vous a dit ce qu'on lui reproche ? demanda Morinal.

– Elle distribuait des tracts, c'est ça ? »

L'inspecteur ouvrit un tiroir, en sortit une feuille jaune vif qu'il tendit à Paul. On pouvait y lire : « Non au saccage de la Bretagne. Non au Village d'Argol ».

« Et alors ? demanda Paul en rendant la feuille.

– On l'a amenée ici pour un simple contrôle d'identité. Elle l'a mal pris. Elle a giflé un brigadier. »

Paul ne put masquer un sourire. Les sourcils de Morinal s'affaissèrent d'un coup sur ses paupières.

« Ça vous fait marrer ?

– Non, ça ne me fait pas marrer, répondit Paul. Mais... Il y a quelque chose que je ne comprends pas. Des tracts, ils en distribuent toute l'année... »

Morinal fit mine de se lever, mais changea simplement de position sur sa chaise.

« C'était pendant le défilé.

– Ah... Et ça change quoi ? »

L'inspecteur regarda Paul comme s'il le prenait pour un demeuré.

« Comment, ça change quoi ? Vous croyez qu'on dépense des millions pour organiser une fête pareille et qu'on peut tolérer que des hurluberlus du genre de votre petite amie viennent tout foutre en l'air ? Vous vivez dans quel monde, monsieur Bihan ?

– Dans le même monde que vous. »

Il y eut un silence pesant et Paul apprécia à contretemps qu'on lui eût servi du « monsieur Bihan ». Ce flic-là, au fond, n'avait pas l'air trop mauvais bougre. D'ordinaire, Paul préférait la compagnie des gendarmes à celle des policiers, mais il fallait en convenir, l'inspecteur Morinal avait l'air plutôt bien élevé.

Comme pour confirmer les pensées de Paul, un soudain sourire éclaira le visage de l'inspecteur.

« Vous êtes auxiliaire de rédaction au journal, c'est bien ça ? » Il laissa à Paul le temps d'acquiescer et reprit. « C'est dingue le nombre de petits pédés gauchistes qu'il y a, au journal...

– Oui, on se demande même où ils vont les chercher », répondit Paul d'un air convaincu.

Le garçon comprit soudain que Martine ne l'avait pas fait demander par hasard. Ce qui se jouait pour elle, en ce moment, dans ce bureau, n'était ni plus ni moins qu'une éventuelle comparution au tribunal correctionnel. Elle était majeure, rien n'obligeait les policiers à entendre Paul qui n'était ni son père ni son tuteur. Ils pouvaient la garder jusqu'au terme des vingt-quatre heures, la relâcher quand bon leur semblait dans ce délai. Ils pouvaient même la faire incarcérer pour « violence à l'encontre d'un agent de la force publique », mais ça, Paul savait très bien qu'ils ne le feraient pas. Une frêle jeune fille ne va pas en prison pour avoir giflé un brigadier. En ayant fait appeler Paul, Martine faisait tout simplement peser une menace sur les policiers. Une menace du genre : « S'il m'arrive quoi que se soit, vous aurez droit à un bel article de mon copain Paul. Comment, vous ne connaissez pas Paul Bihan ? Celui qui a publié le plan Orsec-Rad ? Imaginez un peu la manif, si je passe au tribunal… »

« Évidemment, vous êtes persuadé qu'elle a eu raison, se lamenta soudain Morinal. L'argent pourrit tout, les flics sont des cons, les patrons des esclavagistes, allez donc voir un peu à Moscou comment que ça se passe ! Ouais, il y aurait que moi, je vous enverrais tous les deux à Moscou. » Il commençait à s'échauffer, gesticula sur sa chaise, puis finit par se lever. « Qu'est-ce que vous voulez, à part foutre le bordel ? Ah ! ça, vous savez faire, c'est même votre spécialité. Mais pour le reste, hein, zéro. Moi, je veux bien, contestez, détruisez, mais après… » Il s'approcha de Paul, lui hurlant presque au visage. « Après ?

– Elle a eu tort de frapper le brigadier. »

Paul avait parlé d'un ton si calme que l'inspecteur resta un moment la bouche ouverte.

« Ah ! Bon. On est au moins d'accord sur une chose, alors !

– Je propose qu'elle lui fasse des excuses publiques », dit le garçon dans la foulée. L'évocation de Martine présentant ses excuses au brigadier mit Paul en joie. Jamais elle ne lui pardonnerait un coup pareil !

« Vraiment ? s'étonna Morinal. Oui, ce serait une bonne idée. A moins qu'elle n'en profite pour lui cracher à la gueule ! Là, on serait mal. Très mal !

– C'est qu'elle en est capable, en plus… enchaîna Paul en riant. Mais si je suis là, ça se passera bien. »

L'inspecteur Morinal, hilare, frappa dans ses mains. Dans son regard, une fraîche lueur enfantine s'était allumée.

« Ça lui fera les pieds à cette furie. Enfin, je veux dire… La leçon me paraît adaptée et suffisante, se rattrapa le flic qui retourna s'asseoir derrière son bureau. Vous savez, moi, je n'aime pas me montrer trop dur avec les jeunes. Après, tôt ou tard, ça nous retombe dessus. Remarquez, il y en a ici qui pensent exactement le contraire. Et ils sont de plus en plus nombreux.

– C'est la Préfecture qui vous a demandé de ficher les donneurs de tracts ? », demanda soudain Paul.

A présent, l'inspecteur Morinal fixait Paul avec bonhomie.

« Vous me plaisez bien, monsieur Bihan. On n'a jamais eu affaire ensemble, je crois ?

– Non.

– Je vais vous demander de m'attendre dans le hall. Le temps que je réunisse le maximum de personnels. Après, j'irai chercher Martine Le Goannec et nous pourrons procéder à notre petite cérémonie. »

Paul se leva. Comme il s'apprêtait à quitter le bureau, l'inspecteur Morinal le rappela.

« Dites… Puisque vous avez de l'influence sur elle, conseillez-lui donc de prendre de la distance avec les mouvements qu'elle fréquente. Sinon, bientôt, vous ne pourrez plus rien pour elle… Voilà, je crois avoir répondu à votre question. »

Paul prit un petit air complice, hocha la tête et referma doucement la porte derrière lui. Comme il descendait les escaliers de marbre qui conduisaient au rez-de-chaussée, Paul imagina le discours que Martine allait lui tenir, une fois franchie la porte du commissariat. Après le fichage des sympathisants autonomistes, le tour des écologistes était venu. « L'ennemi intérieur » selon la formule du Président Giscard d'Estaing n'avait qu'à bien se tenir et bientôt, seuls les paysans, dont la couleur du vote est connue, auraient le droit d'ouvrir leur gueule… Bien sûr, Paul était d'accord avec cette analyse, mais ce qui le préoccupait surtout, alors qu'il s'approchait du long comptoir de l'accueil, le concernait plus directement. Par la faute de Martine, il se trouvait dorénavant en situation de faiblesse par rapport au commissariat de Quimper. Morinal venait de lui faire une fleur, et, désormais, il avait une dette vis-à-vis de lui. Paul lui devait une certaine reconnaissance qu'un jour ou l'autre il devrait payer et le garçon se dit qu'il s'endettait vraiment trop depuis quelques jours.

Il longea le comptoir et pénétra dans la salle de garde.

Paul venait à peine de s'asseoir qu'un formidable brouhaha retentit dans les escaliers. Bruits de pas, éclats de rires, exclamations, le commissariat était en liesse. Ils déboulèrent dans la salle de garde, flics en uniforme, enquêteurs, inspecteurs, personnels de bureau étaient réunis et Paul, devant ce rassemblement de la force armée, ne put réprimer un frisson de peur.

Enfin, Martine arriva, escortée par l'inspecteur Morinal. Bien peignée, le visage lisse, elle semblait plutôt fraîche pour quelqu'un qui venait de passer la nuit au violon. Tout de suite, elle aperçut Paul et lui adressa un petit signe de la main. Elle serait sans doute venue vers lui, mais Morinal la tenait par le coude.

« Mesdames, messieurs, commença l'inspecteur, et le silence se fit. Mesdames, messieurs, permettez-moi tout d'abord un bref rappel des faits. Lors d'un contrôle d'identité effectué hier par moi-même, mademoiselle Le Goannec Martine, ici présente, a molesté le brigadier Chapuis qui m'accompagnait... » Morinal s'interrompit tandis que son regard balayait l'assistance. « Il est pas là, Chapuis ? demanda-t-il d'un ton soudain inquiet.

– Présent, inspecteur ! », répondit une petite voix.

On s'écarta un peu au fond de la salle pour frayer un passage au brigadier, un homme plutôt fluet d'une trentaine d'années, au teint pâle, aux yeux bleus et au nez très fin. Il y avait une telle fragilité chez ce type, que Paul se demanda comment Martine avait pu lever la main sur lui. Toujours prisonnière de la poigne de Morinal, la jeune fille semblait se demander à quoi rimait cette mise en scène. Plusieurs fois, son regard chercha celui de Paul dont les mimiques d'apaisement lui étaient sans doute incompréhensibles.

« Cet acte de rébellion ne pouvait pas rester impuni, continua l'inspecteur. C'est pourquoi j'ai eu l'idée de ces excuses publiques.

– Hein ? Quoi ? dit Martine en se tournant vers Morinal.

– C'est quand même pas compliqué, vous allez présenter vos excuses au brigadier Chapuis.

– Ah ! mais non. Et puis quoi, encore ? »

Sur les avant-bras de Paul, les poils se hérissèrent. Il regardait Martine, là, à cinq mètres de lui, mais c'est Sofiane qu'il voyait. Sofiane, qui, une fois de plus, était en train de péter les plombs. Sofiane qui allait se dégager de l'emprise du flic, lui envoyer un coup de genou dans les couilles, piquer son arme et vider le chargeur dans l'assistance. Et puis la vision s'estompa, Sofiane disparut et Martine revint, avec ses taches de rousseur sur ses joues écarlates.

Le garçon fit un pas en avant. Si Martine faisait perdre la face à Morinal, la vengeance du policier risquait d'être terrible.

« Martine », dit-il tout bas. Mais dans le silence soudain de la salle de garde, le prénom retentit comme une explosion. « Martine, allez... Fais pas l'andouille. »

Elle se tourna vers Paul, ouvrit la bouche et la referma aussitôt. Les commissures de ses lèvres glissèrent vers son menton, on aurait dit qu'elle allait pleurer. Elle baissa un peu la tête.

« Je m'excuse, murmura-t-elle.

– Mieux que ça ! éructa soudain l'inspecteur. Regardez le brigadier dans les yeux et dites-lui : “Excusez-moi de vous avoir frappé, brigadier Chapuis”. Regardez le brigadier, je vous dis. »

L'injonction était telle que tout le monde, Paul compris, tourna la tête pour regarder le brigadier. Soudain, comme une illumination, le garçon sut la vérité, les raisons de cette mise en scène dont il avait eu l'idée mais que Morinal avait immédiatement prise à son compte et transformée en cérémonie. Ce n'était pas seulement Martine qu'on humiliait dans cette salle de garde mais aussi Chapuis. Le brigadier Chapuis qu'une fille avait giflé. En cet instant, Paul eut la certitude que le brigadier était homosexuel, que tout le commissariat le savait et qu'on le lui faisait payer.

Chapuis avait les larmes aux yeux, ceux qui l'avaient remarqué étouffaient des rires. Quand Martine le découvrit à son tour, son expression changea. Son regard s'adoucit, son corps tout entier sembla se détendre.

« Je vous prie d'accepter mes excuses, brigadier Chapuis, dit-elle d'une voix si chaleureuse que Morinal la relâcha. J'ai vraiment été conne. Vous me pardonnez ? »

Pour ceux du fond, Chapuis se contenta d'un hochement de tête. Les autres purent deviner son sourire, un sourire bienveillant, amical.

« Bon, bon, ça va ! grogna Morinal. Pour cette fois, je passe l'éponge. Mais je ne veux plus vous voir dans ces locaux. C'est compris, mademoiselle Le Goannec ? »

Martine n'eut même pas le temps de répondre. Déjà, Paul lui avait pris la main et l'entraînait dehors.

Ils avaient parcouru une centaine de mètres lorsque la fille se mit à jurer.

« Merde, merde et merde ! Ces cons ont oublié de me rendre mon sac à main. »

Paul n'avait pas grande envie de revenir sur ses pas mais, tout de même, il proposa de se dévouer. Il retourna au commissariat au petit trot, il avait déjà perdu assez de temps avec cette histoire.

A l'accueil, un brigadier maussade lui fit remarquer que la signature de Martine était indispensable, qu'il avait la très lourde responsabilité des biens qui lui étaient confiés, et, pour parler clair, que le premier couillon venu n'allait pas briser le sacro-saint rituel de la restitution des effets. Depuis les escaliers de marbre qu'il était en train de remonter, Morinal, d'une voix forte, ordonna au brigadier de laisser tomber. L'autre s'exécuta en rechignant et tendit le sac à main à Paul.

Le garçon se retourna pour remercier l'inspecteur, mais ce dernier était déjà presque en haut des marches.

Au même instant, un homme d'une quarantaine d'années entra dans le commissariat. Un homme à la calvitie avancée et dont la couronne de cheveux était plutôt négligée.

« Maxime Mariani, s'annonça-t-il au brigadier. Pour l'inspecteur Morinal. »

Enfin, Paul découvrait le visage de Max, le secrétaire de Jérôme Laval. Il se revit aussitôt au *Duc de Bretagne*, sur le chemin des chiottes, en train de surprendre un bout de conversation.

« Pour l'ensemble de nos activités sur la région, nous comptons vous confier un budget publicitaire annuel d'un million de francs… »

Cet homme, qui en tout et pour tout ne lui avait jamais dit que « au revoir », se tourna légèrement et planta son regard dans le sien.

« Bonjour, Paul. Vous allez bien ? »

XVI

Avant-guerre, la sous-préfecture de Châteaulin a accueilli Jean Moulin, alors jeune cadre de la République. Malgré la brièveté de son séjour à la tête de la subdivision, il persiste en ces murs à l'allure de maison bourgeoise une austérité qui lui ressemble, et que chacun, depuis lors, semble devoir partager.

« Alors, comme ça, vous êtes revenu sur Châteaulin ? », demanda Monique Gouez en fouillant dans une pile de dossiers. Monique était employée à la sous-préfecture depuis dix-sept ans et Paul avait eu l'occasion de la croiser plusieurs fois au cours de ses nombreux remplacements dans la cité des bords de l'Aulne. Il savait la jeune femme bavarde et toujours prête à déplorer la tristesse de ses collègues, aussi avait-il tenu à ce que ce soit elle qui le reçoive.

« J'ai lu votre article sur le Village d'Argol. Ça fait rêver, hein ? Enfin, au moins, on aura un but de promenade. Avec mon mari, le dimanche, on va voir les maisons en construction. Ça passe le temps… »

Triste vie. La paperasse la semaine et les chantiers le jour du Seigneur, après la messe. Paul garda sa réflexion pour lui et se contenta de sourire.

« C'est un dossier dont je me suis occupée, au début. Après, c'est Corinne qui a pris le relais. Vous n'avez pas connu

Corinne ? Non ? Il faut dire qu'elle n'est pas restée très longtemps. Quand le sous-préfet Dubreuil a été muté en Nouvelle-Calédonie...

– Dubreuil n'est plus ici ? », l'interrompit Paul.

Monique agita un peu la main, l'air de dire que personne ne le regrettait.

« Il est parti il y a six mois. Ce n'était pas une époque de mouvement, pourtant, mais il est parti. Monsieur Danjou est notre nouveau sous-préfet. Vous ne l'avez pas lu dans le journal ? »

Monique ouvrit un dossier, le referma, en prit un autre. Elle avait des mains extrêmement longues et fines que Paul remarqua.

« Vous vous êtes occupée du dossier, au début ? demanda le garçon.

– J'ai même rencontré une fois monsieur Laval. Il est très charmeur, n'est-ce pas ? Mais ça ne doit pas être quelqu'un de facile. Remarquez, je crois qu'il s'entendait très bien avec le sous-préfet Dubreuil, on les a vus manger plus d'une fois ensemble au *Fer à Cheval* à Locronan. Ah ! voilà... Le plan d'occupation des sols de l'enclave d'Argol a été modifié... le 25 octobre dernier. La zone a été déclarée constructible à cette date. »

La porte du bureau grinça, Monique leva les yeux et Paul se retourna. Un homme à l'allure chafouine se tenait dans l'encadrement. Un instant, Paul se demanda s'il s'agissait du sous-préfet.

« Je peux vous voir une minute ? demanda l'homme, la main toujours posée sur la poignée de la porte.

– J'arrive, monsieur Pierre... Je renseigne ce monsieur, du journal, sur l'enclave d'Argol. »

Monsieur Pierre posa un regard étonné sur Paul.

« Encore ? Mais j'ai déjà donné tous les renseignements à monsieur Signor ! »

Dans la voiture, Martine attendait Paul en mangeant des carottes crues. De l'endroit où elle se trouvait, la jeune fille avait vue sur le perron de la sous-préfecture. Enfin, elle aperçut Paul qui sortait du bâtiment accompagné d'une femme en tailleur gris. Ils se serrèrent la main, la femme rentra et Paul se dirigea vers la voiture. Comme il approchait, Martine baissa sa vitre pour jeter son trognon de carotte sur le trottoir.

« T'es vraiment dégueulasse, pour une écolo ! râla Paul en s'asseyant.

– La carotte est biodégradable... Alors ? T'as appris des trucs ? »

Paul, soudain, se mit à serrer le volant comme s'il voulait le briser.

« Merde ! », hurla-t-il.

Instinctivement, Martine recula dans son siège.

« Qu'est-ce qui se passe ? », demanda-t-elle d'une voix douce.

Le garçon se retourna vers elle, elle vit qu'il avait les larmes aux yeux.

« Hein ? Rien. Fous-moi la paix. »

Paul remonta l'Aulne jusqu'à Pont-de-Buis avant de bifurquer sur la droite pour prendre la voie express reliant Brest à Quimper. De nouveau, l'air bouillonnait en grosses flaques au ras du bitume, la chaleur était de retour.

En silence, le garçon tentait de faire le point. Tous les échos qui lui étaient revenus, après la publication de son article sur l'enclave, se révélaient favorables au projet de Jérôme Laval. Alors, à tête reposée, il avait relu sa propre prose. Bien que l'aspect technique l'emportât, il avait mis tout son art à magnifier le luxe des futures installations : tennis, piscines, saunas, air climatisé, restaurants, boîte de nuit, héliport... Résultat, le pékin moyen s'était mis à rêver, comme on s'évade à la lecture d'une brochure d'agence de voyages. Pire, le portrait que Paul avait fait de Jérôme Laval était, avec le recul, à la limite de la flagornerie. Présenté comme un homme de génie parti de rien, arrivé à tout, ce parcours hors du commun prêtait aussi au rêve tant il semblait tout droit sorti d'un conte de fée. Avec un jour de retard, *l'Écho* avait embrayé sans état d'âme et photo couleur à la une. Chez eux, le ton était carrément enthousiaste. Sous la plume d'un reporter descendu spécialement de Brest, les projets de Jérôme Laval se voyaient qualifiés « d'immense chance de donner à la Bretagne les structures d'accueil et d'animation qui lui permettront de tenir son rang dans la partition du tourisme moderne ».

Jérôme Laval avait obtenu en beauté ce qu'il cherchait, l'assentiment informel, non mesurable mais essentiel de ce qu'il est convenu d'appeler « l'opinion publique ». Et ceci même pas six mois après le naufrage du supertanker *Amoco Cadiz* sur les côtes de Portsall qui avait réveillé la fibre sourcilleuse du nationalisme breton, nationalisme entretenu par l'inquiétude de voir l'État EDF installer une centrale nucléaire à Plogoff !

A la hauteur de Briec, Paul, enfin, se mit à parler.

« Il a réussi un coup de géant, ce salaud.

– Qui ?

– Laval ! Qui veux-tu... il a monté une société civile agricole pour racheter les terres de l'enclave. C'était la seule manière d'échapper au veto de la Safer qui surveille la vente des terres. Après, je sais pas ce qui s'est passé, s'il a ou non corrompu le sous-préfet, mais l'État a changé le plan d'occupation des sols. La société "Grand Air" a donc racheté le lot à la société agricole. C'est un coup qui s'est joué sur deux ans, tranquillement, sans faire une vague.

– C'est légal ? »

Paul accéléra encore. Ils roulaient à fond la caisse.

« Puisque l'État a favorisé le projet, oui. Peut-être même qu'on lui a encore filé des subventions !

– Tu crois qu'il savait que le POS serait changé, quand il a acheté les terres ? »

Paul pinça les narines, un tic nerveux lui plissa la bouche.

« Il est dans le tourisme, pas dans la betterave... Bien sûr qu'il savait. A moins que... à moins qu'il n'ait tenté un coup de poker. C'est possible aussi. Fais le calcul, il achète vingt hectares à 20 000 francs, 400 000 francs. A supposer même qu'il ait payé aussi cher. Parce qu'à ce prix-là, moi, mes parents ils vendent tout de suite leur ferme... Deux ans après, vu le site, et sans rien faire, il en est à peu près à 100 francs du mètre carré constructible. Au minimum ! Attends, il y a de quoi se perdre dans les zéros... Ça fait... Putain ! Vingt millions lourds. Quasiment deux milliards de bénéfice ! »

Ils cessèrent de parler de longues minutes comme si chacun de son côté tentait d'imaginer l'infini.

« Tu crois qu'il avait mis Joseph Le Gall au courant ? », demanda enfin Martine.

Paul se tourna un bref instant vers elle.

« Qu'est-ce que tu aurais fait, à sa place ?

– J'arrive pas à me mettre à la place de gens comme ça. »

Par la route de Brest, ils arrivèrent dans les faubourgs de Quimper. Vidée de ses habitants, sans un touriste pour arpenter les rues, la ville semblait plongée dans la torpeur. Que le temps se couvre et elle serait de nouveau envahie.

« T'as pas l'impression de te réveiller un peu tard ? »

Martine le regardait fixement ; Paul, pour ne pas perdre la chaussée de vue, se contenta d'un coup d'œil en coin.

« T'as pas un peu l'impression de faire aujourd'hui le boulot que tu aurais dû faire hier ? poursuivit la jeune fille.

– Je n'avais pas le temps, merde ! Fallait aller vite.

– Et maintenant, tu comptes retourner à tes concours de boules ou tout balancer dans le journal ? »

Ils s'arrêtèrent à un feu rouge. Martine avait agrippé le tissu de la saharienne de Paul.

« Maintenant, j'ai un problème à régler. Lionel Signor fait l'enquête sur la mort de Joseph Le Gall dans mon dos.... Et lui, pour le sortir de son burlingue faut qu'il ait plus que des doutes... Arrête de me tirer dessus, merde !

– Mais dans quel camp tu es, à la fin ! Tu peux me répondre ? » Le ton de la fille montait, montait, et Paul, sans même s'en rendre compte, se tassait contre sa portière. Le feu repassa au vert mais Paul resta au point mort.

« Descends. »

Brusquement, Paul se pencha sur Martine et ouvrit la portière passager.

« Descends, je te dis ! Dégage !

– Non. »

Derrière eux, une fille en Solex attendait, impassible. Elle aurait pu contourner facilement la voiture, mais le spectacle qu'elle y devinait semblait la fasciner. La bouche légèrement ouverte, ses longs cheveux étalés sur ses épaules dénudées, on aurait pu croire qu'elle prenait une pose.

« Écoute, Paul. Je ne sais pas ce que tu as, en ce moment, mais si je peux t'aider... »

Le feu passa à l'orange, puis au rouge. Derrière eux, la fille au Solex n'avançait toujours pas.

« Tu connaissais Jérôme Laval avant que je t'en parle ? Hein ? Dis-moi...

– Oui. »

Martine referma sa portière. Épaules rentrées, genoux serrés, elle se recroquevilla.

« Il avait lu ton article d'il y a deux ans ? »

Paul hocha simplement la tête.

« Maintenant, poursuivit Martine, il faut que tu contre-attaques. Il faut savoir pourquoi et dans quelles conditions le POS de l'enclave a été modifié.

– Non. »

Bouche bée, la jeune fille se tourna vers Paul.

« Non ? Et pourquoi, non ? »

Le feu repassa au vert. Paul démarra, traversa la place Saint-Corentin et se gara devant une boutique de souvenirs. Dans le rétroviseur, il regarda la fille au Solex qui bifurquait vers la cathédrale. De dos, on aurait dit Sofiane. Sofiane que Paul, depuis quelques jours, voyait partout...

« Parce que je suis coincé. Je peux pas t'expliquer, mais je suis coincé.

– A cause de Signor ?

– Même pas...

– Alors, j'irai voir *l'Écho* ! », explosa soudain Martine.

Un rire qui n'arrivait pas à s'exprimer crispait le ventre du garçon.

« Vas-y avec un chèque ! S'il est plus gros que celui de Laval, t'as peut-être une chance ! »

« Pour l'ensemble de nos activités sur la région, nous comptons vous confier un budget publicitaire annuel d'un million de francs...

– Et pour nos concurrents ?

– Beaucoup moins. Pour notre publicité, nous avons prévu de passer essentiellement par vous... »

Paul aurait pu retranscrire mot à mot la conversation surprise au restaurant de Quimperlé entre Maxime Mariani, le secrétaire de Jérôme Laval, et son interlocuteur, assurément un ponte de *l'Écho*. *L'Écho*, acheté pour un million annuel, *le Journal*, pour… une Renault 5 et un Nikon, et surtout par la faute d'un auxiliaire de rédaction dans la dèche désireux d'avoir enfin une place au soleil.

Paul se demanda soudain si le hasard seul avait conduit Sofiane au *Duc de Bretagne*. Il avait proposé d'aller manger une pizza, mais la fille était entrée d'autorité dans le grand restaurant. Savait-elle que Maxime Mariani s'y trouvait ? Savait-elle avec qui il se trouvait ? Souhaitait-elle que Paul surprît leur conversation ?

Martine venait de lui demander dans quel camp il était.

Et Sofiane, dans quel camp jouait-elle ?

XVII

Sur la table en rotin nappée d'une grosse plaque de verre, la lueur de la bougie formait une flaque sans contour.

Dehors, le vent de ce début de nuit jouait dans un volet de bois dont le chant des lames, la percussion presque régulière contre le mur en cadençant le souffle, semblait descendre d'un étage élevé pour aller s'évanouir dans le jardin.

Ils étaient venus couper l'électricité en son absence et, ce faisant, avaient découvert le piratage de l'installation qui branchait une moitié de l'appartement sur les parties communes. De la cuisine aux toilettes, plus un interrupteur ne fonctionnait.

Paul cherchait en vain les dernières factures d'EDF. Il en venait à se demander si elles n'étaient pas restées sur la banquette arrière de la vieille 4 L, à la casse, lorsqu'il tomba sur une lettre de son propriétaire, postée quinze jours plus tôt. On l'avisait qu'il devrait rendre l'appartement au premier octobre. Paul relut la lettre plusieurs fois, incrédule. Le « Cher Monsieur » traditionnel des quittances était, cette fois, débarrassé du « Cher ». L'écriture même de « Monsieur » était d'une tenue rapide, détachée, expédiée. On l'expédiait, le mot sonnait juste. Ailleurs, oui, mais où ? C'était, bien sûr, à Paul de se débrouiller. Avec un peu de chance, ses fiches de paie de juillet et d'août pourraient faire illusion. Sinon, il n'aurait pas d'autre choix que de se séparer de la voiture neuve.

Le garçon se leva pour aller fermer la porte-fenêtre puis revint à sa table. Avec angoisse, il prit son carnet de chèques, presque vide, pour en établir le relevé. Mais la quasi-totalité des talons ne portait aucune indication et la tâche s'avéra d'emblée impossible. En début de chéquier, le garçon nota la présence d'une trace rouge-orange, une marque de pouce. Un doigt, peut-être, ayant trempé dans une sauce à la tomate. Il data ce paiement du milieu de mois, lorsqu'il avait « invité » Sofiane au restaurant et s'interrogea de longues minutes sur l'emploi des chèques suivants, vingt et un en tout, dont trois seulement portaient la mention d'un plein d'essence. Contrairement aux années précédentes, il n'avait fait attention à rien. Enfin, dans le fouillis de la table, il trouva le dernier relevé bancaire de la Société Générale. En déchirant l'enveloppe, il déchira le relevé. La partie gauche de la feuille portait la mention : « Votre compte présente un solde débiteur de 7 45… » ; sur la seconde moitié on pouvait lire : « ...8,81 francs ». Paul rabibocha l'ensemble puis ânonna le chiffre à haute voix, 7 458,81 francs, pour être bien certain de ne pas se tromper, être sûr qu'il ne changeait pas de place la virgule. Puis il se leva pour aller rouvrir la porte-fenêtre. La vue du clocher de l'église Saint-Mathieu, doucement éclairé par des spots oranges, conduisit son regard vers le ciel. Mais le ciel était noir, d'une si grande opacité qu'on aurait pu, ce soir, douter de la réalité des étoiles. Le garçon n'attendait rien de Dieu. A la fois plus pragmatique et plus folle, lui vint l'envie de voir débarquer une soucoupe volante, de s'entendre répondre « oui » à une invitation définitive à quitter la Terre.

Deux étages plus bas, le jardin à l'abandon jouait à déplacer lentement ses bouquets d'herbes folles dans les vagues lumières de la ville, et de cet échiquier naissant, où le troène marchait sur l'acacia, où le yucca encore armé de la tige morte de sa fleur de printemps piquait l'ombre en forme de tour du mur éboulé, lui montèrent ces deux mots comme montent les parfums : échec et mat.

Quelqu'un frappait à la porte.

Depuis combien de temps ? Paul n'aurait pu le dire, la rumeur des quais parvenant jusqu'au balcon.

Il ouvrit.

La main à mi-hauteur, Sofiane s'apprêtait à frapper encore. Elle entra. Elle était, ce soir, vêtue normalement, un jean et un pull léger. « Ma mère m'a laissé ton message », dit-elle.

Paul avait téléphoné trois fois en vain au manoir, personne n'y répondait. Puis Hélène avait enfin décroché. Elle avait écouté Paul, et répondu d'une voix si lasse, si lointaine que le garçon avait compris qu'il venait de la réveiller.

« Il y a une panne d'électricité ? demanda la jeune fille.

– Non, on vient de la couper. »

Elle hocha la tête et son ombre gigantesque, portée sur le mur, glissa sur la cheminée.

« Tu voulais me voir... »

Paul lui fit signe qu'elle pouvait s'asseoir. Il en fit de même, posa ses bras sur les accoudoirs du fauteuil en rotin.

« Oui, je voulais te voir. Je voulais aussi que tu voies où j'habite... mais là, c'est un peu raté.

– C'est mignon, dit la fille en regardant autour d'elle.

– La dernière fois, tu m'as dit que la misère puait... qu'est-ce que tu sens ? »

Elle le regardait sans comprendre, il vit même ses narines frémir.

« Rien. Ça ne sent rien, pourquoi ?

– Parce que ça devrait sentir la misère.

– En Bretagne, la pauvreté ne sent pas la misère. C'est trop beau.

– Oui, vu de l'extérieur… », sourit Paul.

Sofiane se leva un peu pour déplacer son fauteuil et se rapprocher du garçon.

« C'est bien que tu m'aies demandé de venir. Moi aussi j'avais envie de te revoir. Je suis désolée pour la dernière fois. J'ai pas été très sympa.

– Pourquoi voulais-tu récupérer cette photo ? »

Il s'attendait à ce qu'elle nie, qu'elle fasse l'innocente. Peut-être même qu'elle pique une autre crise. Mais non, elle continuait de poser sur lui un regard doux, calme, angélique.

« Je ne voulais pas que tu aies une photo de moi. J'ai horreur qu'on me photographie par surprise ou sans que je sois au courant. Quand j'ai vu la photo sur le bureau, ça m'a rendue folle de rage, tu comprends ? »

Le jeune homme mit un temps avant de répondre.

« Oui, je comprends. »

C'était une explication, mais il y en avait une autre. Dans quelques heures peut-être connaîtrait-il la vérité.

« Qu'est-ce que tu penses de moi ? demanda-t-il.

– Je t'aime bien, pourquoi ? »

Sofiane souriait et, de ce sourire, mais aussi des sentiments qu'il déclenchait en lui, Paul comprit qu'il n'avait jamais eu en face de lui la même Sofiane. Tantôt gamine revêche, tantôt femme, un instant complice, un autre ennemie, la jeune fille ne cessait de le bousculer, de le provoquer, de l'apitoyer puis de le séduire. C'était comme si mille personnalités juxtaposées s'affrontaient dans le même corps, lui même objet d'expressions si changeantes, ainsi qu'autant d'hologrammes mélangés.

Paul se leva.

« Je voudrais te montrer quelque chose », dit-il.

Comme Sofiane ne bougeait pas, il lui tendit la main.

« Ce n'est pas ici. Viens. »

Le garçon endossa sa saharienne, prit ses clés de voiture puis ouvrit la porte. La lumière du palier jeta au sol de l'appartement un paillasson jaunâtre. Il avait oublié de souffler la bougie, Sofiane le fit. Il lui demanda de la prendre et de la lui donner.

« Il n'y a pas d'électricité non plus, là où on va ? », demanda-t-elle en riant.

Ils parlèrent peu sur la route qui les conduisait à Argol. Paul, qui ne voulait pas lui mettre la puce à l'oreille, avait pris le parti de ne pas poser à la jeune fille de questions trop précises.

« Tu as vu Jérôme Laval, aujourd'hui ?

– Oui.

– Il va comment ?

– Il va toujours bien. »

Elle regardait les arbres galoper au bas-côté, en suivait un particulièrement, puis, d'un gracieux mouvement de tête, en choisissait un autre devant elle qu'elle perdait à nouveau dans la nuit.

« Où on va ?

– Tu ne devines pas ? »

Abandonnant les arbres, elle se tourna vers lui.

« On va à l'enclave ?

– Oui.

– Pourquoi ?

– J'ai quelque chose à te montrer. »

Elle se tut. Qu'elle l'eût questionné une fois encore, il lui aurait répondu qu'il allait lui montrer un fantôme.

Paul se gara à l'endroit même où la fourgonnette de gendarmerie avait laissé l'empreinte de ses pneus. Comme il l'avait fait avec Martine, il prit la main de Sofiane pour l'aider à passer la barrière de bois qui marquait l'entrée de l'enclave. Par un effet de température et non de vent, l'approche de la mer avait libéré le ciel de ses nuages. L'air était calme, tout juste agité d'une risée, on entendait le clapotis de l'eau, la nuit aurait pu être romantique.

La cabane du pendu, plus haut, luisait sur fond de landes ainsi qu'un dernier écueil. Ils s'en approchèrent.

Ils y entrèrent.

Le garçon alluma la bougie et la posa sur la table de Formica. Autour, rien n'était changé, rien n'avait bougé. Contre le mur de bois, les bouteilles étaient toujours figées dans leur silencieux écroulement, les chaises bancales toujours renversées comme après une dispute d'ivrogne, le moulin à café et les tasses ébréchées toujours en attente des chasses matinales.

Paul observait Sofiane, tournée vers l'entrée de la cabane, comme si elle se refusait à la vision des objets morts.

« Tu sais ce qui s'est passé, ici ? », demanda-t-il.

Alors, la fille, lentement, se tourna vers lui.

« Oui. Je sais. »

Paul en doutait mais ne chercha pas à masquer l'expression de son visage, seulement éclairé par la flamme de la bougie qu'un courant d'air couchait par instants. Il se dit que, peut-être, l'endroit prêtait enfin à la sincérité.

« Dis-moi…

– C'est ici que l'ancien propriétaire s'est pendu.

– Parce que Jérôme Laval l'a escroqué ?

– Oui. »

La jeune fille fit deux pas et s'adossa au mur de rondin, près du chambranle vide de toute porte. Elle parlait d'une voix claire, douce, mais non dépourvue d'émotion.

« Je crois qu'il s'est suicidé après avoir lu mon article, dit Paul dont les larmes montaient.

– Non. Il savait tout depuis le début. Laval lui a fait croire qu'il rentrerait dans le capital du Village. Le Gall a marché, il a fait confiance. Il a roulé les autres propriétaires de l'enclave et puis il s'est fait baiser lui-même, c'est tout.

– Il pouvait faire autrement ?

– Il y a des choses pour lesquelles on ne peut pas signer de papiers. C'était un accord moral et Laval l'a trahi. »

Il y eut un silence, à peine troublé par le crachotement de la bougie.

« Est-ce qu'il a corrompu le sous-préfet ? »

Sofiane sourit.

« Bien sûr que non. Laval connaît suffisamment de ministres...

– Il t'en parle, quelquefois ? »

La jeune fille ne répondit pas tout de suite. Elle semblait hésiter.

« Je suis au courant de beaucoup de choses, oui.

– Autant que son secrétaire ?

– Quel secrétaire ? »

Paul prit une chaise, la moins pourrie, et s'assit avec précaution. Sofiane, de son côté, avança d'un pas et s'accroupit.

« Mariani, dit Paul.

– Mariani n'est pas son secrétaire mais une espèce de collaborateur de luxe. On le voit au début des opérations immobilières et après, pffuit, il disparaît. Il vient du ministère de l'Équipement... C'est Laval qui t'a dit qu'il était son secrétaire ?

– Oui. »

Sofiane laissa fuser un rire bref qui sonna dans la cabane.

« Ça a dû le mettre en rogne !

– Qu'est-ce qu'il traficote, pour le ministère ?

– L'*Amoco Cadiz* a fait du mal au tourisme et les projets de "Grand Air" sont presque officiellement soutenus par le gouvernement. Depuis qu'on s'occupe de la Bretagne, Mariani est sur tous les coups… »

Paul soupira.

« Je crois qu'il aide aussi au fichage des opposants.

– Des fois, il passe des coups de fil du manoir. Il appelle souvent la direction d'EDF, à Paris.

– Il y a un projet de centrale nucléaire dans le département, à Plogoff, dit Paul en se levant. Il doit préparer le terrain… »

Le garçon venait d'apercevoir une bouteille presque pleine, debout, au coin de la pièce. Il la prit, fit sauter le bouchon puis en huma le contenu. Il s'agissait vraisemblablement de lambig.

« Tu savais qu'il était au *Duc de Bretagne* en train d'acheter les patrons de *l'Écho*, le soir où on y a dîné ? demanda Paul.

– Oui. Laval m'avait dit de ne surtout pas y mettre les pieds avec toi. Il fallait t'éloigner le plus possible de Quimperlé.

– Et tu lui as désobéi… Pourquoi ? »

La jeune fille secoua lentement la tête.

« Je sais pas… peut-être que je voulais te donner une chance de comprendre. Peut-être que je voulais jouer avec le feu, aussi. »

Ignorant les quelques verres et tasses disséminés sur le sol de terre battue, Paul porta la bouteille à ses lèvres. Pour commencer, il but une petite gorgée. Puis une longue. Les yeux fermés.

« C'est bon ? demanda Sofiane.

– Ça réchauffe », dit Paul en lui tendant le litre.

Le garçon remarqua que la fille buvait à sa suite sans nettoyer le goulot. Il revint s'asseoir tandis que Sofiane posait la bouteille sur la table. Était-ce le fait de l'alcool, ou que leur salive se soit mélangée, le désir remontait en lui, puissant.

Il était assis, elle était debout, si proche de lui. Dehors, la nuit mangeait les bruits et remâchait ses silences, dedans on n'entendait que les souffles. Leurs deux souffles qui s'étaient approfondis.

Paul posa ses mains au creux des reins de Sofiane, debout devant lui, elle ne recula pas. Les seins de la jeune fille étaient à la hauteur de son visage.

Doucement, il dégrafa le jean, puis le fit glisser le long des fesses, le long des jambes. En se penchant un peu pour humer l'odeur de sa peau, il eut la sensation de plonger dans sa chaleur. Elle portait un petit slip rose, légèrement ajouré, qu'il fit glisser aussi. Le garçon se pencha encore. Jusqu'aux poils de son pubis qu'elle avait rasé plus bas, là où les lèvres s'ouvrent.

Sofiane leva une jambe pour se débarrasser du jean. Puis elle prit la tête de Paul entre ses mains. D'un mouvement brusque, elle lui plaqua la bouche contre son sexe.

Et puis, tout aussi soudainement, elle le repoussa.

En se levant, Paul fit tomber sa chaise. Un instant, juste après, il crut entendre grincer l'unique poutre du plafond.

Dans la cabane, le courant d'air avait forci. La flamme de la bougie tomba à l'oblique de l'entrée et s'éteignit ; Sofiane disparut. Un frisson de peur parcourut les avant-bras du garçon.

« Sofiane ? murmura-t-il.

– Je suis là…

– Viens. »

Elle approcha. Elle s'était mise entièrement nue et se colla à lui. Plaqués contre la poitrine de Paul, les seins volumineux de la fille semblaient déborder de son propre buste. Paul s'écarta un peu pour les caresser.

« S'il se passe quelque chose, ce sera notre abri, notre cachette… Tu me promets ? demanda Sofiane.

– Oui, promit le garçon.

– Ne me fais pas de mal… Jamais…

– Je ne te ferai pas de mal, je te le jure. »

Alors qu'il allait l'enlacer avec fougue, avec cette énergie si longtemps contenue, la fille se déroba encore. Elle ne recula pas, pourtant, toujours docile à l'exploration de ses mains. Mais quelque chose en elle, dans sa posture, dans la consistance même de sa chair venait de changer. Comme si, d'un coup, toute chaleur s'était évaporée de son corps.

« Je dois te dire… commença-t-elle.

– Oui…

– Quand Laval a su que Jérôme Le Gall s'était pendu et que c'est toi qui l'avais découvert, il a fait parvenir ta reconnaissance de dettes à ton directeur, au journal. »

XVIII

L'air étincelait.

Paul arriva à la rédaction de Quimperlé vers 10 heures. Dans la nuit, une brume épaisse avait couvé la ville et le disque du soleil, comme posé dessus, l'estompait avec peine.

D'abord, le garçon vit les larmes de madame Rose. Puis il remarqua le bureau qu'il occupait d'ordinaire, complètement nu, débarrassé jusqu'à la moindre mine.

« Monsieur Robert et monsieur Signor vous attendent », dit madame Rose en se tapotant la base du nez à l'aide d'un mouchoir en papier. « Mon pauvre monsieur Paul... », ajouta-t-elle.

Il régnait dans la rédaction une odeur tranchante de métal qui lui fit monter le cœur aux lèvres et lui serra les tempes. Mais non, ce n'était que l'odeur coutumière de la rédaction, de toutes les rédactions, où les effluves de vieux papiers, d'encre et les émanations du labo-photo se combinent si fort qu'ils en imprègnent les murs. Ce n'était que l'odeur de son travail, l'odeur de ses griseries et de ses angoisses, de ses effervescences et de ses abattements, l'odeur de ses espoirs qu'il n'identifiait plus.

Paul regarda madame Rose, il ne pouvait pas parler. Il ne pouvait plus bouger, plus marcher et pourtant il lui fallait traverser cette pièce, il lui fallait poser le cou dans la triste lunette. Il trouva quand même la force d'avancer et poussa la porte du second bureau.

« Ferme derrière toi », entendit-il dire.

Robert et Lionel Signor étaient assis devant deux tasses de café fumant. Deux tasses, pas trois.

Paul referma la porte.

« Assieds-toi », ordonna le directeur départemental.

Paul s'assit.

« Tu devines pourquoi je suis là ? »

Le garçon n'avait préparé aucune défense pour l'excellente raison qu'il n'y en avait aucune qui tînt la route. Jusqu'au milieu de la nuit, il avait tourné et retourné la situation dans sa tête, cherché en vain une sortie, une échappatoire, une théorie à présenter. Mais Jérôme Laval avait si bien mené son coup, avec une si parfaite connaissance du monde de la presse, que son sort avait, en fait, été scellé le soir même de leur rencontre.

« Non », répondit le garçon. Bien sûr, il aurait pu répondre par l'affirmative mais, soudain, il ressentait le besoin qu'on lui raconte sa propre histoire.

« Tu as trahi le journal, dit Signor d'une voix forte. Tu as trahi le métier ! »

Le directeur départemental le fixait, le regard à la fois triste et dur. Robert, de son côté, semblait plus mal à l'aise dans le rôle de témoin à charge qu'il n'allait pas tarder à endosser.

« Oui, j'ai une voiture neuve », dit Paul.

Signor reposa sa tasse avec une violence telle que le café inonda la table.

« Fais pas le mariolle, en plus !

– Tu veux du café ? », proposa soudain Robert.

Paul le remercia d'un sourire à peine effleuré. Une seule gorgée, de quelque liquide que ce fût, l'aurait fait vomir.

« J'ai ici – Signor tapota une chemise de cuir noir posée devant lui – j'ai ici copie d'une reconnaissance de dettes concernant une voiture. Enfin, si on peut appeler ça une reconnaissance de dettes… » D'un geste nerveux, il chaussa ses lunettes, ouvrit la chemise et en tira une photocopie qu'il se mit à lire. « "Je soussigné Paul Bihan, domicilié 27 rue Jules-Noël à Quimper, accuse réception d'une Renault 5 neuve – il fit claquer ce mot en bouche – immatriculée 75567 WX 29. La société Grand Air m'offre la vignette et l'assurance et me fait l'avance du prix d'achat du véhicule, soit la somme de 37 950 francs que je rembourserai lorsqu'il me sera possible" – Signor se tourna vers Robert – "que je rembourserai lorsqu'il me sera possible". Tu te rends compte ? » Le directeur revint enfin à Paul. « Tu reconnais avoir signé ça ?

– Oui.

– Donc, tu reconnais avoir accepté un cadeau, il n'y a pas d'autre mot, de la part de la société "Grand Air" ?

– Je pensais rembourser…

– Je t'en prie, ne joue pas les hypocrites, en plus… ce type t'a offert une voiture, avec vignette et assurance, point à la ligne. OK ? »

Paul hocha la tête.

« On peut voir les choses comme ça, oui.

– En échange de quoi ? »

Lentement, Paul commençait à se réchauffer. Dans ses doigts, tout à l'heure si blancs, le sang circulait à nouveau.

« En échange d'un scoop pour le journal », dit-il d'une voix posée.

Dans le silence qui suivit, Paul comprit que l'opinion de Lionel Signor était faite, définitive et que plus rien ne pourrait le sauver.

« Sais-tu qui est Jérôme Laval ? Non, bien sûr. Tu en connais ce qu'il a bien voulu te dire. Deux faillites frauduleuses sur la Côte d'Azur pour lesquelles des hommes de paille ont porté le chapeau, une inculpation pour détournement de fonds soldée par un non-lieu, deux instructions en cours pour malfaçons sur le gros œuvre concernant des villages de vacances en Vendée. Pour un ajusteur parti de rien, c'est plutôt pas mal, non ? Et je ne parle même pas de l'enclave, parce que là, c'est plus grave, il y a un mort...

– Au début, Joseph Le Gall était complice.

– Et au final, il est mort, pendu !

– Il était complice, répéta Paul.

– Tu peux le prouver ?

– Non... Mais qu'est-ce qui nous empêche de donner l'information, de tout remonter depuis le début ? »

Avec force, le directeur plaqua ses mains sur le bureau.

« Mais toi, espèce de crétin ! hurla-t-il. Si cette feuille est entre mes mains, c'est bien parce que j'ai flairé l'arnaque et que Laval s'est senti menacé ! Tu ne comprends pas que tu as mouillé le journal ? Tu ne comprends pas qu'on est pieds et poings liés à cause de toi, maintenant ? Tu te rends compte que Laval t'a corrompu ? Tu bosses dans un journal démocrate-chrétien, connard ! Tu sais ce que ça veut dire, la moralité pour un journal comme le nôtre ? Non ? Eh bien je peux te dire que Laval, lui, il le sait ! Qu'on lui fasse foirer son projet d'Argol et il nous flinguera avec ce papelard... Signé par un petit auxiliaire de merde, en plus ! »

Payé cent balles par jour, justement... pensa Paul.

« Il faudrait que je le vois, que je lui parle, bredouilla le garçon sans conviction. Je suis sûr qu'il ne fera pas un truc pareil. »

S'appuyant de tout son poids au bureau dont la structure se mit à craquer, Lionel Signor se leva. Paul craignit qu'il ne vînt vers lui, mais non, le directeur resta immobile, droit, le torse bombé. Dans cette posture qu'ailleurs on eût pu juger trop théâtrale, presque ridicule, il était encore plus impressionnant.

« D'après ce que Robert m'a dit, on t'a livré la voiture ici, à la rédaction ! Et devant Prunier, en plus ! Tu confirmes, Robert ? »

Le titulaire de la rédaction de Quimperlé hocha tristement la tête.

« Prunier était là par hasard, il n'a pas compris... se défendit Paul.

– Il suffirait que Laval lui explique. Tu crois qu'il va se gêner ?

– Laval a acheté *l'Écho*. »

Tel un boxeur au coin du ring, Signor balança soudain son énorme corps de droite à gauche.

« T'inquiète pas. Les gars de la pub, chez nous, ont vite fait leurs comptes. Ils savent qu'ils ont été blousés, mais ils ne savent pas encore par qui... S'ils apprennent que c'est par ta faute, t'as intérêt à changer de région. »

Paul respira profondément.

« Vous voulez la vérité ou le fric ?

– *L'Écho* a choisi le fric, ça les regarde. Nous, on n'aura ni l'un ni l'autre.

– De toute manière, intervint Robert, d'après ce que j'ai compris, on n'aurait pas pu faire grand-chose contre Laval... Il a toujours plus ou moins agi dans le cadre de ce que la loi permet...

– La loi, c'est nous ! cria Signor en pointant un doigt accusateur sur Robert. C'est la presse qui fait la loi. Qu'un innocent soit soupçonné par nous et il est coupable ! Qu'on soutienne un coupable et il est innocent ! »

Un grand silence suivit l'explosion du directeur.

Robert se tourna vers Paul. Le regard qu'il posait sur lui n'était plus celui d'un confrère mais d'un père de famille.

« Qu'est-ce que tu comptes faire ? demanda-t-il d'une voix feutrée.

– Comment ça, ce qu'il compte faire ? coupa Signor.

– Eh bien… Après… »

Paul se leva. Il avait compris.

« Je suis viré, c'est ça ? »

Le garçon ouvrit la porte, madame Rose se tenait debout dans le premier bureau, tournée vers lui. Elle pleurait toujours.

« On te paiera le mois en cours. Je me suis arrangé avec la comptabilité. »

A cet instant, Magdelaine Chauffard poussa la porte. Elle était vêtue d'un manteau bleu d'été passé de mode depuis des lustres. Ses cheveux, bien peignés, étaient tirés vers l'arrière. Ainsi mise, on lui donnait vingt ans de moins.

« Bonjour… » Elle sembla remarquer enfin les mines défaites. « Je dérange peut-être ? »

Personne ne lui répondit.

Alors, la vieille dame s'approcha de Paul et lui prit la main. Sa main fanée était si douce, si tendre, que Paul, étrangement, ressentit une honte à savoir la sienne toute moite.

« Je voulais vous remercier, monsieur Bihan. Elle se tourna vers les autres. Il a fait un si joli article sur mon livre. Je suis dans la sélection du prix Bretagne, vous savez ? C'est sûrement grâce à lui… »

C'était plus que Paul ne pouvait en supporter. Il ajusta la lanière de son sac Pony sur son épaule et sortit.

Magdelaine Chauffard ne sembla pas se formaliser de ce départ muet.

« Qu'il est gentil, ce garçon, n'est-ce pas ? continua-t-elle de sa petite voix d'oiseau. Et si honnête, en plus…

– Oh oui ! », confirma madame Rose.

XIX

Au rez-de-chaussée du manoir aucune lumière ne brillait. A l'étage, par contre, deux fenêtres étaient éclairées, zébrées par le passage fou de chauves-souris dont le ballet aérien semblait délimité par la façade du bâtiment d'un côté et, de l'autre, les deux premiers arbres du parc.

Paul, qui avait garé sa voiture à l'extérieur du domaine, quitta l'allée couverte de gravier blanc et s'approcha du manoir par les pelouses.

Le garçon n'était pas sorti de chez lui pendant trois jours. Trois longues journées, et trois nuits, de réflexion, de haine et de désespérance mêlées. Le deuxième jour, sa mère était passée, elle avait longuement frappé à la porte et l'avait appelé. Il n'avait pas ouvert. Et de la savoir, là, de l'autre côté, inquiète pour lui, avait encore creusé son chagrin. C'était la première fois de sa vie qu'il n'ouvrait pas sa porte à quelqu'un. Lorsqu'elle partit, lorsqu'il entendit son pas décroître dans l'escalier, il entrebâilla l'huis et sentit son parfum qui flottait sur le palier. Sans doute, par ce geste, cherchait-il à se faire encore plus mal. Elle avait laissé un cake sur le paillasson. Dans la soirée, Martine vint également. Par manque de chance, au même instant, le garçon fut secoué d'une quinte de toux qu'elle entendit. Ils parlèrent, mais Paul n'ouvrit toujours pas.

Chacun assis de part et d'autre de la porte, réunis par leurs silences bien plus que séparés par l'obstacle, il avait raconté son histoire et la fille l'avait écouté. Elle était passée au journal où les attitudes gênées l'avaient renseignée plus que des mots. Elle en avait déduit qu'il avait été mis à la porte, et se doutait que c'était par la faute de Jérôme Laval. Elle avait croisé Signor, aussi, dont la mine était sombre. Enfin, elle lui avait appris qu'à la suite de l'accord du Conseil Régional quant au choix du site de Plogoff, une grande marche contre le nucléaire avait eu lieu la veille, à Brest. On y avait lu publiquement le plan Orsec-Rad devant les manifestants allongés sur le bitume et mimant la mort. Des milliers de photocopies de son article sur le plan avaient été distribuées. Puis elle lui avait demandé ce qu'il comptait faire, le garçon n'avait pas répondu.

« Tu m'aimes ? avait demandé Martine avant de partir.

– Non, avait répondu Paul.

– Moi je t'aime. »

Au soir du troisième jour, Paul était presque apaisé.

Bien sûr, il désirait avoir une discussion, même brève, avec Jérôme Laval, mais, surtout, il souhaitait revoir Sofiane. Dans la cabane du pendu, à l'enclave, ils n'avaient pas fait l'amour. Ils étaient restés un long moment enlacés, Sofiane nue contre lui, chuchotant parfois à son oreille. À cet instant, il avait été certain de l'aimer. Et pourtant… qu'aimait-il en elle ? Le reflet de ses propres phantasmes, certainement. Mais le reste, l'essentiel, qu'en connaissait-il ? Elle détestait Laval, elle voulait partir. La jeune fille ne lui ayant rien caché des basses manœuvres de son beau-père, Paul n'avait aucune raison de douter de sa sincérité. Aucune raison et toutes à la fois. D'abord, il devait déterminer jusqu'à quel point Sofiane était la complice de Laval, après seulement il pourrait partir.

Le garçon avait jeté son unique valise dans le coffre de sa voiture. Il n'emportait que des vêtements, pas un livre, pas un disque. Que Sofiane vînt ou non avec lui, sa décision était prise. Il partirait. N'importe où.

Dans le calme absolu qu'il ressentait en cet instant, il sut, qu'au fond, il ne regretterait pas grand-chose de sa vie passée. Déjà, autour de lui, le nombre de garçons et de filles de sa génération laissés pour compte était impressionnant. Et ce triste mouvement ne semblait que devoir s'amplifier. De suicides discrets en petits trafics, de soirées d'ivresses en journées de beuveries, de petits boulots en petits jobs, ils étaient trop nombreux de sa classe de terminale, au lycée de Cornouaille, à avoir sombré sans même entendre les premiers craquements du naufrage, et sans qu'aucun capitaine ne hurle cette formule à la fois d'épouvante et de réconfort : « les femmes et les enfants d'abord »...

Paul s'arrêta à la cabine téléphonique de la place Terre-Au-Duc. Destiné à Martine, il laissa un message laconique sur le répondeur de l'association « Rayon Vert », message qu'elle ne découvrirait certainement pas avant le lendemain matin.

Une pluie fine avait accompagné son voyage. Une pluie en volutes, diffuse par endroits, plus dense à d'autres. De cette alternance naissait une valse de fantômes aux bras fins et mous, aux cous tendus à ras du sol ou rompus dans les ornières.

Enfin, il arriva au manoir.

Sans frapper, Paul poussa la porte.

Le palier de l'étage était éclairé et versait une lumière tendre qui paraissait dévaler les escaliers. La première marche grinça sous le pied de Paul. Pour faire taire le bois, il se rapprocha du mur.

L'escalier débouchait dans un immense couloir parqueté de châtaignier. Tout de suite à gauche, une porte était entrebâillée. Il sembla à Paul entendre des gémissements, et que ces bruits étranges provenaient de cette pièce.

« Vous voilà enfin », susurra une voix éteinte, derrière lui.

Le garçon se retourna. Une bouteille de whisky à la main, Hélène s'approchait de lui d'un pas hésitant.

« Vous vouliez voir Sofiane ? »

Paul acquiesça. En face de lui, Hélène, qui tanguait doucement comme un bateau à quai, tendit une main vers la porte entrebâillée.

« Allez-y, entrez. »

Il poussa la porte.

Jérôme Laval était nu, Sofiane non. Elle portait le même pull qu'à la cabane du pendu, retroussé sous les aisselles. Sa jupe aussi était relevée, et dans l'angle ouvert de ses jambes, il y avait Jérôme Laval. La fille regardait le plafond, elle avait l'air de terriblement s'ennuyer.

Lorsque la poignée intérieure de la porte rencontra le mur, lorsque le bruit du choc, pourtant infime, résonna dans la pièce, Sofiane tourna légèrement la tête, aperçut Paul, poussa un hurlement et repoussa violemment son amant.

« Paul, oh, non, Paul… »

Elle hoquetait, elle cacha ses seins d'une main, sans même penser à rabattre son pull, elle était pitoyable.

« Qu'est-ce que tu fous là, toi, merde ! rugit le patron.

– Paul… Je… C'est pas de ma faute… sanglota la fille.

– Bien sûr que si, salope ! » murmura Hélène dans le dos de Paul qui s'écarta un peu pour la laisser entrer dans la pièce. Titubante, la mère de Sofiane s'adossa lourdement à la cloison. Elle était ivre, mais son regard était sans brume, pétillant de haine et d'ironie mélangées.

« C'est lui, le salaud, pleura Sofiane.

– Il n'y a pas de salaud sans salope.

– Maman ! Maman ! »

Une moue de mépris tordit la bouche d'Hélène qui reprit les mots de sa fille : « Maman, Maman... »

« Vos gueules, bordel ! hurla soudain Laval qui se rhabillait. Et toi, fous le camp... dit-il à Paul.

– Non, il restera parce que je veux qu'il reste. Je veux qu'il sache la vérité après tout le mal que vous lui avez fait, tous les deux. »

Sofiane se précipita vers Paul et tenta de l'enlacer. Mais le garçon, tétanisé, était, de son côté, incapable du moindre geste. Lui qui croyait avoir touché le fond de la souffrance et de la déchéance mesurait soudain le monde jusqu'en ses abîmes.

« Ne l'écoute pas, Paul. Je t'aime... Je t'aime. C'est toi que j'aime !

– Elle était son complice, depuis le début. Elle l'est et le sera toujours...

– Mais tais-toi, tais-toi ! cria Laval en empoignant le bras d'Hélène.

– J'ai cru qu'il m'avait épousée, moi, mais non, c'était Sofiane qu'il voulait. Dès le début. Elle n'avait que seize ans quand il l'a mise pour la première fois dans son lit...

– Maman, je t'en prie...

– Vous êtes un couple de prédateurs ! Je vous hais ! », cracha Hélène en se défaisant de l'emprise de son mari. Puis, libérée, elle se tourna vers Paul. « Ils ont joué avec vous comme ils jouent avec tout le monde. Ils vous ont repéré, avec l'aide de ce gros porc du camping, ils vous ont attiré, ils vous ont utilisé, ils vous ont brisé et ils vont vous jeter...

– Je t'aime Paul. »

Sofiane levait vers lui un visage inondé de larmes.

« Je ne te crois pas », murmura-t-il.

Hélène laissa fuser un rire bref.

« Tu entends ? Il ne t'aime pas.

– Donne-moi une chance... Une seule... », continua la fille.

Un terrible doute s'immisça en Paul. Et si Sofiane était sincère ? Et si elle n'était que la première victime de Jérôme Laval ? A-t-on le choix, à seize ans, face à un beau-père influent et pervers ? Et puis après, quand le plus dur est passé, que les vomissements et les larmes se sont taris, que reste-t-il de forces pour dire non ?

Hélène, qui voyait Paul hésiter, porta sa bouteille à la bouche et but une longue gorgée. Elle retira le goulot trop tôt et le liquide aspergea son buste. Puis elle lui tendit la bouteille.

« Pour vous avoir, ils avaient le cul et le fric. Mais vous étiez tellement pauvre, jeune homme... Tellement pauvre que vous n'avez eu ni l'un ni l'autre. Vous n'avez eu droit qu'à l'aumône. Et moi à l'ivresse. Allez, buvez... »

Laval la gifla et la tête d'Hélène porta contre le mur.

« Touche pas ma mère ! », hurla Sofiane.

Jérôme Laval recula d'un pas. Maintenant, il fixait Paul d'un regard étrange, comme s'il avait envie de le tuer.

« Les écoute pas, Paul. Les écoute pas. Je t'en supplie, gémit la jeune fille en reculant vers le couloir. Viens me retrouver où tu sais. »

Soudain, la jeune fille disparut. On n'entendait plus que son pas dévalant les escaliers.

« Sofiane ! »

Les poings serrés, Laval resta sur le palier. Son regard, sans cesse, passait des escaliers à la chambre.

« Dis-moi où elle va ! ordonna-t-il à Paul.

– Non », répondit le garçon.

Hélène, plus pâle qu'une morte, alla s'asseoir sur le lit.

« Quand Sofiane vous a montré ses fesses, au camping, c'était son idée. » Du menton, elle désigna son mari. « Mathias Schmidt vous appelait "le petit vicelard". Vous n'imaginez pas le nombre de gens qu'ils ont baisés avec cette technique. Des banquiers, des ministres, des journalistes, des créanciers, tout le monde. Le cul d'une gamine, ça accélère les dossiers, ça éponge les dettes, ça finance des projets, ça fait dire oui ou ça fait taire. C'est fou le pouvoir qu'on peut tirer du cul d'une minette… »

Au fond, ce que disait Hélène, Paul l'avait toujours su. Au plus profond de lui, il le savait, sans jamais avoir voulu l'admettre. Parce qu'à vingt ans on se détourne des pourritures du monde. Sinon, à quoi bon vivre ?

En bas, l'écho d'une course retentit. Puis on entendit claquer la porte d'entrée. Sans doute Sofiane était-elle allée chercher quelque chose dans le bureau.

« Elle a pris le flingue ! Merde ! » Laval posa ses deux énormes mains sur les épaules de Paul. Son visage était figé par la peur. « Dis-moi où elle va. Vite !

– Dites-lui. »

Paul se tourna vers Hélène tant la vision de Jérôme Laval lui était insoutenable. Et même s'il s'enfuyait, s'il allait rejoindre Sofiane là où il savait la retrouver, quel avenir leur était réservé ? Toujours il la verrait comme il venait de la surprendre : sous le ventre de Laval.

« Dites-lui », répéta Hélène.

Soudain, Paul prit conscience qu'il s'était vengé de la plus terrible des manières, à la fois de Sofiane et de Jérôme Laval, sans même l'avoir cherché. Dorénavant, entre eux non plus, rien ne pourrait être comme avant. Laval ne saurait jamais si Sofiane était sincère ou non. Toute complicité était morte.

« Elle est à l'enclave d'Argol, dit-il. Dans la cabane où Joseph Le Gall s'est pendu. »

Les yeux fermés, Paul entendit le pas lourd et pressé de l'affairiste dans l'escalier.

Hélène prit la main du garçon et l'attira hors de la chambre. Quand Paul ouvrit les yeux, sa vision était troublée par les larmes. A la suite de la mère de Sofiane, il descendit en se tenant à la rampe.

Ils entrèrent dans le bureau.

Au mur, la photo de Sofiane, éclatante dans son adolescence, ramena Paul quelques semaines plus tôt, lorsqu'il signait ici-même sa reconnaissance de dettes, sans se rendre compte de la gravité de ce qu'il faisait, entièrement tourné vers la mélodie amoureuse qui prenait corps en lui et le faisait vibrer. Le garçon détourna les yeux.

Hélène ouvrit le coffre-fort.

Il y avait une véritable fortune à l'intérieur, en liasses de billets de 500 francs.

« Prenez tout, dit la femme en lui tendant une grosse sacoche de cuir noir dont elle venait de répandre le contenu à terre. Prenez tout et partez... »

Elle souriait.

Paul prit la sacoche et commença de la remplir. Le coffre devait contenir environ un million de francs. Derrière lui, Hélène riait. Et lui piochait et fourrait, pour ne plus l'entendre, ne plus entendre ce rire que le froissement des billets n'arrivait pas à couvrir, ce rire triomphant, ce rire de victoire qui lui apprenait enfin qu'il s'était trompé, que la vengeance d'une mère bafouée par sa fille venait de s'accomplir, que Sofiane l'aimait lui, pour de vrai, pour de bon et qu'il venait de la trahir. Qu'on venait de la trahir pour la dernière fois sans doute.

Dans son vertige, il se vit creuser la terre, creuser une tombe.

Alors, il s'arrêta et se releva.

Dans l'angle de la pièce, un grand miroir lui renvoyait son image, les épaules et le menton haut, les mains pleines d'argent, le regard brûlant. Il reconnut cette image car elle est en chaque homme.

Près de lui, Hélène riait toujours.

« Allez-y, piochez, il en reste, hoqueta-t-elle. C'est pas le fric qui manque. »

Elle se laissa doucement glisser contre le mur, puis, assise sur le sol, se mit à chantonner « une traînée, c'était rien qu'une traînée ».

« Laisse l'argent, Paul. Ton père et moi, on fera un prêt à la banque… »

Le garçon tendit les bras vers le miroir. Le miroir où seul il apparaissait, où sa mère n'était pas.

« Ce pognon est à moi ! hurla soudain Paul. Je l'ai pas mérité ? Ils m'ont pas assez fait chier ?

– Non, il n'est pas à toi. »

Les yeux clos, Hélène se mit à marmonner une autre chanson, en anglais, d'où s'échappaient les mots « money » et « babe ». La folie chevauchant son ivresse, elle dodelinait de la tête, de plus en plus fort. Puis son front s'affaissa brutalement sur ses genoux.

Hélène s'était enfin tue. Elle dormait.

Là-bas, à l'enclave d'Argol noyée de bruine, les oiseaux de mer se réveillent. Leurs premiers cris se perdent dans la laitance du petit jour. Assise à même le sol dans la cabane du pendu, le revolver pointé entre ses genoux, Sofiane entend une voiture se garer.

« Paul ? »

Pas de réponse.

Un bruit de pas, trop lourd, vient vers la cabane sans porte.

XX

En tirant, le pistolet lui a sauté des mains. Elle regarde Jérôme Laval qui ne s'effondre pas. Mais il y a la tache, là, qui grandit sans cesse sur sa chemise blanche. Il ne porte même pas la main à son cœur, il ne gémit pas, il pose seulement un genou à terre, puis deux, tombe enfin sur le côté, yeux grands ouverts, face à la mer.

Il n'y a plus un souffle d'air. Elle même paraît ne plus respirer. Des images de son enfance, embrouillées, remontent de cette mémoire qu'elle croyait morte. Des couleurs pastel, des sensations douces, des vertiges de sommeil, des réveils délicieux, des odeurs de croissant chaud. Devant elle, le visage crispé du cauchemar commence à se refroidir.

Paul est là, soudain, agenouillé près d'elle.

Elle tourne lentement la tête vers lui. Il ramasse l'arme, l'essuie, puis y appose ses empreintes.

« Je dirai que c'est moi… c'est moi qui l'ai tué. »

Elle le regarde. Désormais, elle voit le passé, le présent et l'avenir.

« Tu m'attendras ? demande le garçon.

– Oui.

– Tu n'auras plus peur ?

– Je n'aurai plus peur. Plus jamais », murmure Sofiane.

Un grand craquement leur fait lever la tête, ensemble. Ce n'est rien. Ce n'est que la poutre du pendu qui vient de se fendre.

FIN

Achevé d'imprimer
En Union Européenne
par Fareso S.A. (Madrid-Espagne)

Numéro d'édition 184
Dépôt légal 4e trimestre 2002